从心所欲不逾矩

许渊冲

2021年4月（100岁）

许渊冲汉译经典全集

王尔德

The Importance of Being Earnest

认真最重要

许渊冲 译

商务印书馆
The Commercial Press

图书在版编目（CIP）数据

认真最重要 /（英）奥斯卡·王尔德著；许渊冲译 . —北京：商务印书馆，2021（2022.12 重印）
（许渊冲汉译经典全集）
ISBN 978-7-100-19418-1

Ⅰ. ①认⋯　Ⅱ. ①奥⋯ ②许⋯　Ⅲ. ①喜剧—剧本—英国—近代　Ⅳ. ① I561.34

中国版本图书馆 CIP 数据核字（2021）第 022304 号

权利保留，侵权必究。

许渊冲汉译经典全集
认真最重要
〔英〕奥斯卡·王尔德　著
许渊冲　译

商 务 印 书 馆 出 版
（北京王府井大街36号　邮政编码100710）
商 务 印 书 馆 发 行
南京爱德印刷有限公司印刷
ISBN 978 - 7 - 100 - 19418 - 1

2021 年 3 月第 1 版　　　开本 765×965　1/32
2022 年 12 月第 3 次印刷　印张 4
定价：55.00 元

献给罗伯特·波德文·罗斯鉴赏

目 录

第一幕……………………………………………… 1
第二幕………………………………………………41
第三幕………………………………………………92

剧中人物

雅克·沃兴　*治安官*

阿杰隆·孟克丽

尊敬的卡隆·夏旭柏　*神学博士*

梅丽曼　*男仆*

南纳　*男仆*

布克勒夫人

光荣的关多能·费法克

瑟西丽·卡迪幽

普丽丝　*家庭女教师*

布景

第一幕

伦敦半月街阿杰隆·孟克丽家

第二幕

武尔顿高级宅邸的花园

第三幕

武尔顿高级宅邸起居室

时　间：现在

第一次演出地点：1985 年 2 月 14 日在伦敦圣詹姆斯剧院

第一幕

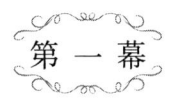

伦敦半月街阿杰隆家起居室。室内布置堂皇,富有艺术风味。可以听到邻室的钢琴声。南纳正把午茶放在桌上。琴声一停,阿杰隆上。

阿杰隆　你有没有听见我演奏的钢琴曲,南纳?

南　纳　对我来说,听您演奏是不合规矩的,主子。

阿杰隆　对不起,我是为了你,才故意弹得不合规矩——要合规矩,谁都会弹——但是我要弹得有新奇的表现。就钢琴来说,表现感情是我的拿手好戏。我一辈子都要保持这种艺术。

南　纳　是的,主子。

阿杰隆　若是谈到生活的艺术,你有没有为布克勒夫人准备好黄瓜夹心面包?

南　纳　准备好了,主子。(用托盘送上面包。)

阿杰隆　(看看面包,拿起两片,坐到沙发上。)啊!……我说,在你的记录本上我看到,星期四晚上肖曼爵士和沃兴先生来和我共进晚餐的时候,上了八瓶香槟酒,都喝光了。

南　纳　是的,主子,八瓶加一品特。

阿杰隆　为什么在一个单身汉的家庭里,仆人没有例外地都能喝上香槟酒?我问问,只是要了解情况。

南　纳　我认为那是因为酒的质量好的缘故,主子。

我常常注意到：在有主妇的家庭里，香槟酒很少是一流品牌的。

阿杰隆　老天呀！难道结婚贬低生活水平，会低到这个地步？

南　纳　我相信结婚是很愉快的，主子。直到目前，我自己在这方面的经验还很少。我只结过一次婚。那却是我自己和一个年轻女人误会的结果。

阿杰隆　（忧郁地）我不知道我对你的婚姻生活会不会感兴趣，南纳。

南　纳　当然不会，主子，那不是一个有趣味的问题。我自己也从来没有认为那有趣味。

阿杰隆　那很自然，我敢肯定。你说够了，南纳，谢谢。

南　纳　谢谢你，主子。

（南纳下。）

阿杰隆　南纳对结婚的看法还不算太严格的。的确，如果低级人物不能给我们拿出榜样来，那世界上还要下等人干什么？作为一个阶级，他们似乎绝对没有意识到有什么道德责任。

（南纳上。）

南　纳　尔来使得·沃兴先生到。

（雅克上。南纳下。）

阿杰隆　你好，我亲爱的尔来使得。什么风把你吹到城里来了？

雅　克　啊，高兴就来，高兴就走！还有什么别的风能把我吹到哪里去呢？我看你能吃能睡，像平常一样吧，阿杰？

阿杰隆　（生硬地）我想，在下午五点钟吃一点儿开胃口的点心，是上流社会的好习惯。从星期四见面后，你到哪里去了？

雅　克　（笑着在沙发上坐下。）到乡下去了。

阿杰隆　你到乡下那鬼地方去干什么？

雅　克　（拉下手套。）一个人在城里是自得其乐。到了乡下，却是逗乐别人。那真是讨厌极了。

阿杰隆　你逗乐的是什么人？

雅　克　（随随便便地）还不就是左邻右舍，左邻右舍。

阿杰隆　在什罗郡你住的地方有高朋满座吗？

雅　克　真是高朋乱坐！谁也不用提了。

阿杰隆　你一定使他们很开心吧！（走过去拿块夹心面包。）说什罗郡是你的故乡，是不是？

雅　克　嗯，什罗郡吗？是的，当然是。喂！为什么摆这么多杯子？还有黄瓜夹心面包，一个这么年纪轻轻的人怎么这样挥霍浪费？谁要来喝茶呀？

阿杰隆　只是奥古斯达姨妈和关多能小姐。

雅　克　那真是十全齐美了！

阿杰隆　对，的确很好。不过，我想奥古斯达姨妈恐怕不会喜欢你也来了。

雅　克　我能问问为什么吗？

阿杰隆　我的好朋友，你向关多能小姐调情实在是有伤风化。几乎和关多能向你卖弄风骚一样见不得人。

雅　克　我爱上关多能了，我特别到城里来，就是来向她求婚的。

阿杰隆　我以为你是来吃喝玩乐的吧？……我把那说成是事业。

雅　克　你怎么这样不浪漫了？

阿杰隆　我的确看不出求婚有什么可以说是浪漫的。恋爱可以说是富有浪漫色彩。但是肯定的，求婚却没有什么浪漫可言。为什么？因为求婚人可能会被接受。而一般说来，求婚总是被接受的，我相信就是如此。那么，刺激性一点也没有了。而浪漫精神的特点正是不能确定。如果我结了婚，我一定会千方百计去忘记事实。

雅　克　我不怀疑这点，亲爱的阿杰。离婚法庭就是为这些健忘的人创建的，他们的记忆力也不知道忘记到哪里去了。

阿杰隆　啊！研究这个问题也没有用。离婚是上天的规定——（雅克伸手去拿一块夹心面包。阿杰隆立刻挡住他。）请不要碰黄瓜夹心面包。那是特别为奥古斯达姨妈准备的。（自己拿了一块就吃。）

雅　克　怎么？我看你一直在吃个不停嘛！

阿杰隆　那是另外一回事。她是我的姨妈。（从下面的盘子里拿出黄油面包。）吃一点黄油面包吧。黄油面包是为关多能准备的。关多能喜欢吃黄油面包。

雅　克　（走到桌子前，自己拿面包。）这也是很好的黄油面包。

阿杰隆　那么，我的好朋友，你用不着做出真要吃光的样子。你看起来好像已经和她结婚了。但是，你还没有和她结婚，而且我认为你永远不会和她结婚的。

雅　克　你为什么这样胡说八道？

阿杰隆　这并不是胡说。首先，姑娘们从来不会和同她们调情的人结婚，姑娘们认为那不正派。

雅　克　啊，这话毫无道理！

阿杰隆　这不是没道理，而是有大道理。这说明了为什么这里有这么多单身汉没结婚。其次，我不同意你们结婚。

雅　克　你不同意！

阿杰隆　我的好朋友，关多能是我最亲的亲人。在我答应你们结婚之前，你必须把你和瑟西丽的关系说个清楚明白。（按铃。）

雅　克　你说这话到底是什么意思？阿杰，你说的瑟西丽是什么人？我根本不知道什么叫瑟西丽的人。

（南纳上。）

阿杰隆　去把沃兴先生上次来晚餐时忘记带走的香烟

匣子拿来。

南　纳　是，主子。

（南纳下。）

雅　克　你的意思是说：我的香烟匣子一直放在你的吸烟室里？我非常希望你早就让我知道。我一直着急向伦敦警察厅打听消息。甚至打算出重金悬赏寻找呢。

阿杰隆　那好，我希望你出重金悬赏。我现在手头正缺钱。

雅　克　既然匣子已经找到，那还悬赏干什么？

（南纳拿托盘上，香烟匣子放托盘里。阿杰隆立刻拿起匣子。南纳下。）

阿杰隆　我看你也未免太小气了一点，尔来使得，我不得不这样说了。（打开匣子，检查一下。）不过，这也没有什么关系。我已经看到了匣子里刻的字，这个匣子并不是你的。

雅　克　匣子当然是我的。（走过去对他说。）你见过我用这个香烟匣子不止一百次了，你有什么权利来检查里面刻了什么字呢？检查私人的香烟匣子是一个上等人的行为吗？

阿杰隆　啊！一个人应该看什么，不应该看什么，如果要说有什么严格的规定，那简直是荒谬可笑的。现代文化有一半以上是不应该看的。

雅　克　我知道这种事实，但是我不准备讨论现代文化。这不是一个应该在私人之间讨论的问题。我只是要拿回我的香烟匣子。

阿杰隆　对，但这不是你的香烟匣子呀。这个香烟匣子是一个叫作瑟西丽的人赠送的礼物，而你说你根本不认识叫这个名字的人。

雅　克　对，如果你想要知道，瑟西丽偏偏是我姨妈的名字。

阿杰隆　你的姨妈？

雅　克　她还是个漂亮的老太太，住在威尔斯顿桥。把香烟匣子还给我吧，阿杰。

阿杰隆　（退到沙发背后。）如果她是你住在威尔斯顿桥的姨妈，为什么说自己是小瑟西丽呢？（读匣子上的字。）"小瑟西丽满怀爱情赠。"

雅　克　（走到沙发前，跪在沙发上。）我亲爱的伴当，这有什么关系呢？有些姨妈高大，有些不那么高。难道一个姨妈不可以自己决定怎么叫自己吗？你似乎认为每一个姨妈都应该像你的姨妈那样高大！这是多么荒谬！看在老天的分上，把香烟匣子还给我吧。（跟着阿杰隆在房子里转。）

阿杰隆 那好。为什么你的姨妈叫你作她的叔叔呢？"小瑟西丽满怀爱情赠给她亲爱的雅克叔叔。"我承认，一个姨妈可以是小个子，但是一个姨妈无论个子大小，怎么可以把自己的子侄叫作叔叔呢？那我就不懂了。再说，你的名字并不是雅克，而是尔来使得。

雅　克 不是尔来使得，而是雅克。

阿杰隆 你常常对我说你是尔来使得。我把你介绍给每一个人都说你是尔来使得。人家叫你尔来使得，你都答应。你看起来也老老实实，真是个"如来似的"。那要说你的名字不是尔来使得，那真是胡说八道。你的名字印在你的名片上。这里就有一张。（从匣子里拿出一张名片。）"尔来使得·沃兴先生，住址：阿尔巴尼四号楼。"我要拿名片来作证，证明你的名字是尔来使得。你休想当面抵赖，

|||休想骗关多能，休想骗任何人。（把名片放进衣袋。）
雅　克|你说得也对。我的名字在城里是尔来使得，在乡下是雅克，而香烟匣子是在乡下送给我的。
阿杰隆|对了，不过，这也不能说明你住在威尔斯顿桥的瑟西丽会叫你作亲爱的叔叔呀。得了，老朋友，你最好还是立刻实话实说吧。
雅　克|我亲爱的阿杰，你谈起话来就像是一个牙科医生。一个不是牙科医生的人，说起话来却要学牙科医生，那也未免太无聊了。那会给人一个不好的印象。
阿杰隆|你说得对，偏偏牙科医生就是这样干的。现在，说下去吧！你要从头到尾老老实实说。我可以告诉你，我一直怀疑你是个偷偷摸摸的买醉鬼，现在，我敢肯定你是一个。
雅　克|买醉鬼？你说这话是什么意思？
阿杰隆|我可以向你泄露这个无比妙语的含义。但你得先说为什么你在城里叫尔来使得，在乡下却叫雅克。
雅　克|那好，你得先给我香烟匣子。

阿杰隆　拿去。（把匣子给他。）现在，讲你的吧，要讲得莫名其妙才好。（在沙发上坐下。）

雅　克　我的好伙伴，我的解释一点也不是莫名其妙的。我小时候，托马斯·卡迪幽老先生就在遗嘱中要我做他孙女的保护人。瑟西丽·卡迪幽小姐，就是瑟西丽，总叫我作她的小叔，表示一点敬意。这点你可能一点也不欣赏。她住在乡下我家里，有一个非常好的家庭女教师普丽丝照顾她。

阿杰隆　在乡下什么地方，可以告诉我吗？

雅　克　这地方和你没有关系，好孩子。你不会得到邀请到那里去的。……我可以老实告诉你，那个地方并不在什罗郡。

阿杰隆　我猜得到，亲爱的伙伴！我去什罗郡找过两次都没有找到。现在，说下去吧。为什么你在城里叫尔来使得，而在乡下叫雅克？

雅　克　我亲爱的阿杰，我不知道你能不能懂得我真正的动机。你不够认真。一个人处在保护人的地位，就在各方面都采取道德上的高姿态，这是一个人的责任，但是道德上的高姿态和个人的健康或幸福并不能总是一致的。为了要进城去，我就假装说城里有一个弟弟叫尔来使得，住在阿尔巴尼，要节吃省用过日子。亲爱的阿杰，这就是简单明了的全部事实。

阿杰隆　事实很少是纯粹得简单明了的。如果现在的生活不是纯粹或者简单的，那生活就会非常讨厌，而现代文学完全是不可能了。

雅　克　那也未必完全是坏事。

阿杰隆　文学批评不是你的拿手好戏，我亲爱的伙计。不要去惹火烧身。你要把这种事留给那些没有进过大学的人去做。他们每天都在报上做得很好。你其实是一个每天酒醉饭饱的人。我敢肯定说你是一个买醉鬼。你是我所知道的一个最先进的买醉鬼。

雅　克　你说这话到底是什么意思？

阿杰隆　你发明了一个非常有用的弟弟叫作尔来使得，你就可以什么时候愿意进城就什么时候去。我也发明了一个无价之宝的病人叫作买醉鬼，我也可以想到乡下去就到乡下去。买

　　　　　醉鬼真是一个无价之宝，比如说，如果不是借口买醉鬼的身体不好，我今夜怎么能到威利斯来和你大吃大喝呢？其实这是我在一个星期之前就和奥古斯达姨妈商量好了的事。

雅　克　我没有请你今晚去什么地方晚餐呀！

阿杰隆　我知道。你满不在乎随便乱发请帖，这太傻了。没有什么比得不到请帖更恼火的事了。

雅　克　那你最好去和你的姨妈奥古斯达一起晚餐吧。

阿杰隆　我一点也不打算做这种事。首先，我只星期一去那里晚餐。和自己的亲人一起用餐，一个星期一次已经够了。其次，我在那里用餐的时候，总被当作一个家庭成员，不是餐桌上根本没有女人，或者一有就是两个。再说，我知道得非常清楚，她会把我的座位安排到什么地方。今夜也是一样。她会要我坐在玛丽·花菇娃旁边，而她总是隔着桌子和她丈夫眉来眼去。这叫人看得不太舒服。的确，这甚至可以说是不守规矩——而这种事却越来越多，多得不得了。在伦敦和自己的丈夫打情骂俏怎能不引起风言风语？听起来也太不像话。简直就是当众洗自己的干净衣服。再说,我现在知道了你也是一个死不悔改的买醉鬼,我当然要和你谈谈买醉鬼的事。我要告诉你有些什么清规戒律。

雅　克　我根本不是一个买醉鬼。如果关多能接受我,我就会叫我这个弟弟立刻离开世界,的确,我觉得无论如何也要叫他消失。瑟西丽有点太关心他了。所以我强烈地劝告你也要摆脱你的——尔来使得,这个荒谬无比的名字。

阿杰隆　世界上没有什么能使我离开买醉鬼,如果你能结上婚——这在我看来是绝对成问题的,那你也会很高兴认识买醉鬼。一个结了婚而不知道买醉鬼的人会觉得活的时间很讨厌。

雅　克　这话毫无意义。如果我能和一个关多能这样迷人的小姐结婚——她是我这一生见过并且愿意和她结婚的唯一人,那我肯定不会想到买醉鬼。

阿杰隆　那你的妻子肯定会想到。你看来似乎不知道：在婚姻生活中，三个人才能成为有趣的伴侣，而两个人可以成双，却不能成对。

雅　克　这一点，我亲爱的小朋友，正是堕落的法国戏剧近五十年来一直在大力宣传的。

阿杰隆　对，而这也正是幸福的英国家庭只花了一半时间就证明了的。

雅　克　不要这样说俏皮话。说俏皮话是容易的。

阿杰隆　我的好朋友，今天这种日子做什么事都不容易。世界上有这么多人像虎狼一般在你争我夺。（电铃声大响。）啊！这一定是奥古斯达姨妈来了。只有长辈或者债主才会用这样华格纳式的强音来敲门。现在，如果我让她十分钟不碍你的事，你好有机会向关多能求婚，那我今晚和你同去威利斯晚餐如何？

雅　克　如果你要，我看当然可以。

阿杰隆　好，那你可要把这当作一回事，我不喜欢有些人不把这看在眼里。这种人实在很浅薄。

（南纳上。）

南　纳　布克勒夫人同费法克小姐到。

（阿杰隆上前迎接。）

布克勒夫人　你好，亲爱的阿杰隆，我希望你过得不错。

阿杰隆　我觉得很好，亲爱的奥古斯达姨妈。

布克勒夫人　过得不错和感觉很好并不是一回事。其实这两件事很少同时发生。(看见雅克，只冷冷地弯弯腰。)

阿杰隆　(对关多能)天呀，你真漂亮！

关多能　我总是漂亮的，对不对，沃兴先生？

雅　克　你是十分完美，费法克小姐。

关多能　啊！我希望不是这样，因为那就没有发展的余地了。而我还想在多方面发展呢。(关多能和雅克在一个角落里坐下。)

布克勒夫人　对不起，我们来晚了一点，阿杰隆，因为我不得不去拜访亲爱的哈不理夫人。自从她可怜的丈夫死后，我还没去过她那里。我从来没有见过一个女人改变得这么厉害，她简直年轻了二十岁。现在我要喝一杯茶，还有你答应给我准备的黄瓜面包。

阿杰隆　当然准备好了，奥古斯达姨妈。(走到茶具桌前。)

布克勒夫人　你要不要坐到这里来，关多能？

关多能　不去了，妈妈，我坐在这里很好。

阿杰隆　（吃惊地拿起空盘子。）天呀！南纳！怎么没有黄瓜夹心面包？我要你特别准备的。

南　纳　（认真地）今天早上市场上没有黄瓜出卖，主子，我去过两次了。

阿杰隆　没有黄瓜！

南　纳　没有，主子，即使有钱也买不到。

阿杰隆　那就算了，南纳，谢谢。

南　纳　谢谢你，主子。（下。）

阿杰隆　真对不起，奥古斯达姨妈，即使有钱也买不到黄瓜。

布克勒夫人　没关系，阿杰隆，我在哈不理夫人那里吃过煎饼了。在我看来，她现在似乎过得非常快活。

阿杰隆　我听说她的头发因为悲哀而变得金黄了。

布克勒夫人　头发的确变了颜色。为什么缘故？我当然还说不出来。（阿杰隆走过去献茶。）谢谢你。我今晚得到这么好的招待，阿杰隆，我要带你去看玛丽·花菇娃。她是一个这样好的妻子，对丈夫简直好得无以复加了。去看看他们真有意思。

阿杰隆　我怕，奥古斯达姨妈，我不得不放弃今晚和你共进晚餐的乐趣了。

布克勒夫人　（皱眉。）我希望你不要拒绝我，阿杰隆。那会使我的晚餐桌上没有人的。你的姨父一定要在楼上晚餐。幸亏他已经养成了这个习惯。

阿杰隆　那真讨厌，我用不着说。那使我非常失望。但事实是我刚得到电报说我的朋友买醉鬼又得了重病。（和雅克交换了一个眼色。）他们认为我该去看他。

布克勒夫人　这很奇怪。这个买醉鬼似乎得了怪病。

阿杰隆　对，可怜的买醉鬼是一个可怕的残废。

布克勒夫人　好，我要说，阿杰隆，我认为那位买醉鬼应该下决心到底是活下去还是死掉算了。这样稀里糊涂谈问题是没有道理的。我也不赞成现代人对残废人的同情。我认为这是病态。不管别人什么样的病态都不应该得到鼓励。健康是人生的第一要务。我老是对你可怜的姨父这样说，但他似乎从来也不认真听……至少他的老毛病没有一点好转。我要请你代我对买醉鬼先生说，请他在星期六放松一点。因为我全靠你来安排我的周末音乐会呢。这是我最后一次招待会了，一个人总要有点什么东西才能鼓励人家有话可谈，特别是在一个季节的最后几天，一个人要说的话其实都说完了，在大多数情况下，他也没有什么可以说的。

阿杰隆　我会对买醉鬼说的，奥古斯达姨妈，如果他还能感觉得到，我想我可以答应你他不会在星期六生病。自然，你的音乐会很难安排。如果音乐太好，那就没有人听，而如果音乐不好，人家又不好谈天说地了。让我来看看节目单吧。我还没有安排好呢，请你先到隔壁房间里来看看好不好？

布克勒夫人　谢谢，阿杰隆，你考虑得真周到。（起身跟随阿杰隆。）我敢肯定节目会讨人喜欢，只要你做一些修改，法国歌曲我不想安排。因为人家总觉得不太合适，不是听了表示大

　　　　吃一惊，显得非常庸俗，就是哈哈大笑，那可更加糟糕。但是德语倒能受到尊重，的确，我认为是这样。关多能，你跟我来。

关多能　当然啰，妈妈。

　　　　（布克勒夫人随阿杰隆去音乐室。关多能留下。）

雅　克　真是个好日子，费法克小姐。

关多能　请你不要谈天气了，沃兴先生。只要人家对我一谈天气，我就肯定他另有所图。这就使我紧张了。

雅　克　我的确是另有所图。

关多能　那我猜对了。事实上我从来没有猜错过。

雅　克　我的确想充分利用布克勒夫人不在的时机。

关多能　我当然劝你这样做。妈妈会突然走回我想和她谈话的房间。

雅　克　（紧张）费法克小姐，我一见到你，就拜倒在你面前，超过了其他小姐，其他以后见到的小姐。

关多能　对，我知道这是事实。我常希望在大庭广众之中你会有所表现。对我来说，你一直有不可抗拒的魔力。即使我还没见到你，我已经不是对你无动于衷的。（雅克惊讶地瞪着她。）我希望你知道，沃兴先生，我们生活在一个富有理想的时代。事实经常刊登在高价的月刊上，有人告诉我已经登上省级的刊物了。我的理想一直是爱上一个"尔来使得"。这个名字会引起绝对的信任。我第一次听到阿杰隆有个叫"尔来使得"的朋友，我就知道我注定要爱上他了。

雅　克　你真的是爱我吗，关多能？

关多能　热情洋溢地爱。

雅　克　亲爱的！你不知道你使我多么快活。

关多能　我的"尔来使得"！

雅　克　你真正的意思并不是说：如果我的名字不是"尔来使得"，你就不爱我了？

关多能　但你的名字是"尔来使得"呀！

雅　克　对，我知道。但是假如我有另外一个名字呢？你的意思会不会是：那你就不爱我了？

关多能　（高深莫测地）啊，这显然是一个难以想象的问题。但是像大多数形而上学的问题一样，我们大家都知道，没有什么实际意义。

雅　　克　就我个人来说，亲爱的，说老实话，我并不太在乎"尔来使得"这个名字。……我认为这个名字一点也不适合我。

关多能　它非常适合你呀。这简直是一个神圣的名字。它有它自己的音乐性，你听它的抑扬顿挫。

雅　　克　那好，的确，关多能，我不得不说，我认为还有很多更好的名字，比如说：雅克，听起来就很顺耳。

关多能　雅克？……不行，雅克这个名字听起来没有音乐感，即使说有一点，肯定也不会多。它听起来不会震动耳鼓。它绝对没有抑扬顿挫。……我知道几个叫雅克的人，他们毫无例外，都是平淡无奇的人。再说，雅克是臭名昭彰的家里人对约翰的称呼！我真可怜任何一个嫁给约翰的女人。她永远不会知道孤独会有令人心荡神怡的乐趣。唯一真正稳妥的名字是"尔来使得"。

雅　　克　关多能，看来我必须立刻改变名字了。——我的意思是说：我们必须立刻结婚改名换姓。我们没有时间可以浪费了。

关多能　结婚吗，沃兴先生？

雅　克　（吃了一惊。）那是……理所当然。你知道我爱你，而且你使我相信，费法克小姐，你对我绝对不是冷淡无情的。

关多能　我对你有爱情，但是你还没有向我求婚呀。那怎么能谈得上什么结婚？问题还没有沾边呢。

雅　克　那好……我现在可以向你求婚吗？

关多能　我认为这是一个再好也没有的机会。为了免得你有任何失望的可能，沃兴先生，我认为公平合理的做法是早就告诉你：你还没有求婚，我就下定决心接受你了。

雅　克　关多能！

关多能　对，沃兴先生，你还有什么要对我说？

雅　克　你知道我要对你说什么。

关多能　对，但是你没有说出来。

雅　克　关多能，你能和我结婚吗？（跪下。）

关多能　当然可以，亲爱的。这件事你想了多久？我怕你对求婚没有什么经验。

雅　克　这是我唯一的一次。除了你之外，我在世界上没有爱过别人。

关多能　对，但是男人常常练习求婚。我知道我哥哥杰拉德就是这样。我所有的女朋友都这样对我说。你的蓝眼睛多么美妙啊，尔来使得！你的眼睛蓝得真妙！真是蔚蓝。我希望你永远这样瞧着我，特别是有人在场的时候。

（布克勒夫人上。）

布克勒夫人　沃兴先生，起来吧，先生。不要做出这个半圆形的姿态了。这不太雅观。

关多能　妈妈！（雅克要站起来，她阻止他。）请你休息去吧。这里的事不要你管。再说，沃兴先生的姿态还没有做完呢。

布克勒夫人　做完什么？我倒要问你。

关多能　我和沃兴先生订婚了，妈妈。（他们一同站起。）

布克勒夫人　对不起，你还没有和任何人订婚呢。等你和任何人订婚的时候，我或者你的父亲，只要他的身体情况允许，都会告诉你的。订婚对一个年轻小姐说来，应该是一个惊喜，不管她愿意不愿意。那都要看情况。很少是

　　　　　她自己能做主的。……因此，现在我有几个问题问你，沃兴先生。在我提问的时候，你，关多能，应该在外面的车子里等我。

关多能　（不同意。）妈妈！

布克勒夫人　到车子里去，关多能！

　　　　　（关多能走到门口，背着布克勒夫人，和雅克互相飞吻。布克勒夫人似乎不懂地糊糊涂涂站在一旁，最后转过身去。）

　　　　　关多能，上车去！

关多能　好，妈妈。（走出去时回头望着雅克。）

布克勒夫人　（坐下。）你也可以坐下，沃兴先生。

　　　　　（从衣袋里找出笔记本和铅笔来。）

雅　克　谢谢你，布克勒夫人，我还是站着好。

布克勒夫人　（手上拿着笔记本和铅笔。）我不得不告诉你，你不在我选中的女婿名单上，虽然我和波尔顿夫人一样有一张候选女婿的名单。的确，我们一同工作。我随时准备把你的名字登上候选女婿的名单。只要你能回答一个多情的母亲提出的问题。你吸烟吗？

雅　克　啊，是的，我应该承认我是吸烟的。

布克勒夫人　我很高兴地知道了。一个男人总该有个职业。伦敦的懒汉太多了。你多大年纪？

雅　克　二十九岁。

布克勒夫人　是很好的结婚年龄。我的意见一直是：一个要结婚的男子不是什么都知道，就是什么也不知道。你知道什么呀？

雅　克　（考虑了一下。）我什么都不知道，布克勒夫人。

布克勒夫人　听到你这样说，我很高兴。我不赞成天然的无知对人的误导。无知就像从国外运来的水果：一碰到，花就掉了。整个现代的教育论是彻底不健康的。幸亏在英国，教育无论如何也产生不了什么效果。如果有效，那对上层阶级就是严重的威胁。也许会在广场上引起暴动。你有多少收入呀？

雅　克　一年有七八千。

布克勒夫人　（记在笔记本上。）是土地还是投资？

雅　克　主要是投资。

布克勒夫人　这就不错了。希望一个人一生能尽什么责任，还有他死后不得不尽的责任，那土地

>　　　　就既不能给人带来利益，也不能提供乐趣。它只能给人一个地位，又不让人保持地位。这就是关于土地能说的话。

雅　　克　我在乡下有房子，自然也附带有些土地——我想大约有一千五百亩吧。但是我并不靠这当作我真正的收入。只有偷偷打猎的人才能在这块土地上得到好处。

布克勒夫人　乡下有房子？有几间卧室？那好，这以后可以搞清楚。你在城里也有房子，我希望是这样。一个像关多能这样天真无邪的小姐是不能住在乡下的。

雅　　克　那不要紧，我在贝格拉广场还有一套房子，现在租出去了，租期一年，租给布罗沙夫人。不过，我只要事先六个月通知，就可以把房子收回来。

布克勒夫人　布罗沙夫人？我不认识她。

雅　　克　她不太出来。她是一位上了年纪的老妇人。

布克勒夫人　啊，现在，什么年纪的人也不能保证得到尊重。你的房子在贝格拉广场几号？

雅　　克　一百四十九号。

布克勒夫人　（摇摇头。）这个号码不好。恐怕有问题。不过不要紧，可以很容易换一个。

雅　克　你是说号码还是说位子？

布克勒夫人　两样都不好，我以为是这样。你打算怎么办？

雅　克　我看我也没有办法。我是个自由主义者。

布克勒夫人　啊，他们可算是保守派，他们参加我们的晚餐会。至少，晚餐时他们会来。现在，谈些小问题吧。你的父母还在吗？

雅　克　我的父母都不在了。

布克勒夫人　两个都不在？这似乎是太不巧了。你的父亲是什么人？他显然是一个富翁。是不是生来就被激进党报纸叫作商业贵族的人？或者是贵族阶级的一分子？

雅　克　恐怕我也说不出来。事实是，布克勒夫人，我已经没有父母了。更接近事实是，我的亲生父母似乎抛弃了我。……我其实根本不知道我的亲生父母是谁。我是个被抛弃的孩子。

布克勒夫人　被抛弃的孩子！

雅　克　已故的托马斯·卡迪幽老先生是一位大慈
善家，他发现了我，给我取了名字，刚好那
时他衣袋里有一张去沃兴的头等车票。他就
让我姓沃兴，沃兴在苏瑟克郡，是一个海滨
胜地。

布克勒夫人　这位有头等车票去海滨胜地的大慈善家
是在什么地方发现你的？

雅　克　（认真地）在一个手提包里。

布克勒夫人　一个手提包里？

雅　克　（非常严肃地）对，布克勒夫人，我是在一个
手提包里——一个比较大的黑皮手提包，手
提包有提手——其实只是一个普通的手提包。

布克勒夫人　这位詹姆斯先生或托马斯·卡迪幽在哪
里找到这个普通手提包的？

雅　克　在维多利亚车站的衣帽间。那是被错当作他
的手提包而给他的。

布克勒夫人　维多利亚车站的衣帽间？

雅　克　是的，在布莱顿这条路线上。

布克勒夫人　这条路线其实并不存在，沃兴先生，我
得承认你刚才说的话有点使我觉得莫名其

妙。生长在一个手提包里，包是否有提手关系不大，但这似乎是表示瞧不起普通家庭的生活规矩，这使我想起了法国大革命所造成的极端恶劣的例子。而我认为，你应该知道这场不幸的运动带来的后果。至于找到这个手提包的特定地点，一个火车站的衣帽间也许隐瞒了一个社会的歧视——也许在以前的确用来表达这个意思——但是很难被认为是得到上流社会承认的肯定基础。

雅　克　那么，我可以问问你要劝告我怎么办呢？我几乎用不着说我愿意尽世界上的一切力量来保证关多能的幸福啊。

布克勒夫人　我要强烈地劝告你，沃兴先生，你一定要尽快去取得一些亲属的保证，并且要在这个季节结束之前，至少找到你的父亲或者母亲。两人中至少有一个，才能做出保证。

雅　克　那好，但我看不到有什么办法可以做到这点。我只能随时拿出这个手提包来。那就放在我家的整容室里。我真以为这个证明就够了，布克勒夫人。

布克勒夫人　够了吗，先生！这和我有什么关系？你怎么会想到我和布克勒先生会把我们唯一的女儿——一个娇生惯养的女儿——嫁到一个衣帽间去和一包衣服结婚？再见吧，沃兴先生！

（布克勒夫人大摇大摆地走了出去。）

雅　克　再见！（阿杰隆敲打着结婚进行曲从另一房间走了出来。雅克看起来非常生气地走到门口。）天呀！不要奏这该死的曲子了。阿杰！你怎么这样胡闹！

（音乐停止，阿杰隆兴高采烈地走了出来。）

阿杰隆　这不是搞了一夜吗，老朋友？你的意思不是要说关多能拒绝了你吧？我知道这是她的老一套，她总是拒绝人的。我认为这是她最坏的脾气。

雅　克　啊，关多能稳当得像三脚架。对她说来，我们已经订婚了。她的母亲简直叫人不能容忍。没有见过这样看人一眼就能把人变成石头的女妖。——我不知道女妖是什么模样，但是我敢肯定布克勒夫人就是一个女妖。如

　　　　　果说她不是一个神话人物，至少也是一个妖魔鬼怪，虽然这样说有点不太公平。……对不起，阿杰，我以为我不该这样当你的面谈你的姨妈。

阿杰隆　我亲爱的孩子，我喜欢听我的亲戚被人误解，那是我唯一可以使我和他们摆脱关系的方法。亲戚不过是一大堆讨厌的人，对我们的生活没有最遥远的了解，对我们何时会死亡更没有丝毫的感觉。

雅　克　啊，你这是胡说八道！

阿杰隆　不是！

雅　克　那好，我不想和你争论这个问题，你总是喜欢争得脸红耳赤的。

阿杰隆　不争论还算什么问题呢？

雅　克　说老实话，要是我这样想，我早就自杀了。（无言。）你不会认为关多能在一百五十年内会像她的妈妈吧？阿杰，你会吗？

阿杰隆　所有的女人都会像她们的妈妈，这就是她们的悲剧。没有男人会像他的妈妈。这是男人的悲剧。

雅　克　你认为这说得聪明吗？

阿杰隆　这用词非常好。文明生活中的任何观察也不能说得比这更真实了。

雅　克　这种俏皮话已经烦得我要死了。现在每个人都很俏皮。你随便到哪里去，都不会碰不到聪明人。这已经成了一种公害。我倒觉得多有几个傻瓜更好。

阿杰隆　那有的是。

雅　克　我倒非常想见到傻瓜。他们谈些什么？

阿杰隆　傻瓜吗？啊！当然是谈聪明人的事。

雅　克　什么傻瓜。

阿杰隆　话又说回来，你有没有告诉关多能：事实上，你在城里叫"尔来使得"，在乡下叫雅克呢？

雅　克　（用教训人的口气）我亲爱的伙计，事实怎能一五一十地告诉一个年纪轻轻、漂亮可爱的姑娘呢？你怎么对待女人有这么稀奇古怪的想法啊！

阿杰隆　对待女人唯一的办法就是：对漂亮女人求爱，对普通女人就见美思迁。

雅　克　这是胡说。

阿杰隆　你的弟弟怎么办？那个放荡的"尔来使得"？

雅　克　不到周末我就摆脱他了。我会说他在巴黎中风死了。很多人都是突然中风死的。

阿杰隆　不错，不过那是遗传病，会全家感染的。不如说是严重的伤寒吧。

雅　克　你能说伤寒不遗传吗？或者哪一类的病不遗传？

阿杰隆　伤寒当然不会遗传。

雅　克　那好，那么，我可怜的弟弟尔来使得就在巴黎给严重的伤寒送了命。

阿杰隆　但是我以为你说过……卡迪幽小姐对你的弟弟尔来使得有一点太感兴趣了吧？她会不会感到他的死是一个大损失呢？

雅　克　啊，这点并不要紧，瑟西丽并不是一个浪漫的傻姑娘。我很高兴说：她的胃口很大，走得很远，根本不接受什么教训。

阿杰隆　我倒想见到瑟西丽。

雅　克　我会非常小心不让你见到她。她非常漂亮，但是她还只有十八岁呢。

阿杰隆　啊，你有没有告诉关多能：你监护着一个十八岁的非常漂亮的姑娘呢？

雅　克　啊，我不能随便和人谈这些事。瑟西丽和关多能肯定会成为非常要好的朋友。我敢用你喜欢的任何东西打赌：只要她们见面半小时，她们就会谈得非常投机，立刻会把自己当作亲姐妹了。

阿杰隆　女人总要先叫一大堆别的名字，最后才肯姐妹相称的。现在，我的好孩子，如果我们想在威利斯吃上一桌好菜，现在就得去更衣准备就餐了。你知道已经快七点了。

雅　克　（着急）啊！已经快七点了。

阿杰隆　啊，我已经饿了。

雅　克　我还不知道你什么时候不饿呢。

阿杰隆　晚餐后干什么？去剧院？

雅　克　啊，不！我不喜欢听戏。

阿杰隆　那好，我们去俱乐部吧。

雅　克　啊，不行！我讨厌谈话。

阿杰隆　那么，我们还是十点钟走到帝国俱乐部去如何？

雅　克　啊，不行，我不能忍受人家这样那样看问题。

阿杰隆　那你看怎么办呢？

雅　克　什么事都不做！

阿杰隆　无事可做是最难做的事。不过，再难的工作也难不倒我。即使没有固定的目标也不要紧。

（南纳上。）

南　纳　费法克小姐到。

（关多能上。南纳下。）

阿杰隆　关多能吗？当然！

关多能　阿杰，请你转过身去好吗？我有特别的话要对沃兴先生说呢。

阿杰隆　真的吗，关多能？我恐怕不能答应你。

关多能　阿杰，你总是采取严格说来对生活不道德的态度。你还没有老到这个程度吧。（阿杰隆退到壁炉前。）

雅　克　我亲爱的！

关多能　"尔来使得"，我们也许永远不能结婚。从我妈妈脸上的表情看来，我怕我们永远不能。今天的父母很少会听他们的孩子对他们说什么话。老式的对年轻人的尊重很快就消失得干干净净了。我对妈妈从前有过什么影响,到我三岁的时候就消失得无影无踪了。虽然她可以阻止我们成为夫妇,我也可以和另外的人结婚,甚至结几次婚,但是永远不可能改变我对你永恒的忠诚。

雅　克　亲爱的关多能!

关多能　妈妈对我讲到你非常浪漫的来历,虽然她加上了不好的评语,却打动了我藏在灵魂深处的心弦。你的名字对我有不可抗拒的迷人力量。你单纯的性格非常微妙地使我难以理解。你在阿尔巴尼城里的地址我已经知道了,你在乡下的地址呢?

雅　克　哈夫郡,武尔顿,庄园。

（阿杰隆仔细地听着,微笑地把地址写在衬衣袖子上。然后拿起《铁路指南》来。）

关多能　这里有邮局吗,我想?邮局也许可以起到救命的作用。那当然需要认真考虑了。我会每天都和你联系的。

雅　克　我的心上人!

关多能　你在城里还待多久?

雅　克　一直待到星期一。

关多能　那好,阿杰,你现在可以转过身来了。

阿杰隆　谢谢,我已经转过身来了。

关多能　你也可以按铃了。

雅　克　你可以让我送你上车吗,我亲爱的人儿?

关多能　当然可以。

雅　克　(对刚进来的南纳)我要送费法克小姐出去。

南　纳　是,先生。

(雅克和南纳出门。)

(南纳用托盘送上信件。大约是些账单之类的东西,阿杰隆只看看信封就撕掉了。)

阿杰隆　来一杯雪丽酒,南纳。

南　纳　是,先生。

阿杰隆　明天我要去买醉乡。

南　纳　是,先生。

阿杰隆　我也许要等到星期一才回来。你可以把我的衣服、我的吸烟装,还有买醉鬼的服装都装好……

南　纳　是,先生。(送上雪丽酒。)

阿杰隆　我希望明天天气好,南纳。

南　纳　明天天气不会好,先生。

阿杰隆　南纳,你是个完全悲观的人。

南　纳　我尽最大努力满足你,先生。

（雅克上,南纳下。）

雅　克　是一个聪明伶俐的小姐!是我一生中唯一关心的女人。(阿杰隆立刻大笑起来。)世界上什么事使你这样开心呀?

阿杰隆　我急着想知道可怜的买醉鬼怎么样了,就是这事。

雅　克　如果你不小心,你的朋友买醉鬼总有一天会给你惹祸上身的。

阿杰隆　我并不怕琐事,你是唯一不重要的事了。

雅　克　啊,你说的全是无聊话。

阿杰隆　没有人会说无聊的话。

（雅克瞧不起似的看他一眼,就离开了房间。阿杰隆点着一支香烟,读他衬衣上的字,笑了起来。）

（第一幕完）

第 二 幕

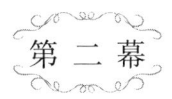

　　高级宅邸的花园。园门前有一条灰色台阶。老式的花园里玫瑰盛开。时间是一年里的七月。花篮一般的椅子，放满了书的桌子，摆在一棵大榆树下。普丽丝小姐坐在桌子前面。瑟西丽在后面浇花。

普丽丝小姐 （呼唤。）瑟西丽，瑟西丽！体力劳动是仆人干的活，不是你做的事。尤其是脑力活动的乐趣正等着你呢。你的德语语法书正在桌上等你。请你翻到第十五页。我们先复习一下昨天的功课吧。

瑟西丽 （慢慢转过身来。）我不喜欢德语。那不是适合我学的语言，我知道得非常清楚：学了德语之后，我显得平凡无奇了。

普丽丝小姐 孩子，你知道你的保护人在各方面都关心你的成长。他特别强调你的德语，在他昨天进城去的时候。的确，每当他进城去的时候，总是特别强调要你学好德语的。

瑟西丽 亲爱的雅克叔叔总是非常认真的。有时他认真得使我怕他出了毛病。

普丽丝小姐 （站立起来。）你的保护人真是再健康也没有了。他严肃认真的姿态特别值得称赞，尤其是因为他还相当年轻呢。我不知道任何人比他更负责、更认真的了。

瑟西丽 我认为这就是我们三个人在一起的时候，他为什么看起来总有点厌烦的感觉。

普丽丝小姐　　瑟西丽！你说的话的确叫我吃惊。沃兴先生在生活中碰到很多麻烦。他的说话中没有一点胡说八道或者信口开河。你应该记得他对他不幸的兄弟是多么经常关心的。

瑟西丽　　我真希望雅克叔叔有时能够让他不幸的兄弟经常到这里来。我们可以对他产生良好的影响,普丽丝小姐。我敢肯定你一定做得到。你既懂德语,又懂地理,还有这一类对人非常有用的东西。

（瑟西丽开始写她的日记。）

普丽丝小姐　　（摇摇头。）我不认为我能对这种性格的人产生什么影响,他对兄长的劝告犹豫不决,一点不听,没有一点悔改的意思。的确,我不敢肯定,我能希望对他有什么改正的余地。我不认为现在这种流行的办法能在片刻之间把一个不好的人改造成为一个优秀人物。一个人种什么瓜,就让他得什么果吧。你应该把你的日记放到一边去了,瑟西丽,我的确一点也看不出来你为什么要写日记。

瑟西丽　我写日记是要把生活中稀奇古怪的秘密都写出来。如果不记，我就可能会忘记得一干二净了。

普丽丝小姐　我亲爱的瑟西丽，记忆力就是我们随身携带的日记。

瑟西丽　不错。不过，我们时常会记得一些从来没有发生过的事情，或者是一些根本不可能发生的事。我相信记忆力要对穆迪送我们的三大本小说里的大大小小的错误都负责任。

普丽丝小姐　不要随便说那三大本小说，瑟西丽，我自己在早年就也写过一本。

瑟西丽　你当真写过吗，普丽丝小姐？你真是聪明得叫人吃惊！我希望你写的小说结果并不是以喜剧来结束的吧？我不喜欢以喜剧来结束的小说，那会使我读得很难受。

普丽丝小姐　好小说总是快快活活地结束的，不好的小说结束得也不快活。这就是小说的意义。

瑟西丽　大约是这样吧。不过在我看来，这不太公平。你写的小说出版了没有？

普丽丝小姐　嗨！没有。可惜手稿不见了。（瑟西丽吃了一惊。）我说不见了，意思就是遗失了，或者是不知道放到哪里去了。做你的功课吧，孩子，想这些问题是没有什么好处的。

瑟西丽 （微笑。）不过，我看见亲爱的夏旭柏博士从花园里过来了。

普丽丝小姐 （站起来去迎接。）夏旭柏博士，这的确叫人高兴。

（卡隆·夏旭柏上。）

夏旭柏 我们今天早上怎么样，普丽丝小姐？我相信你身体不错吧？

瑟西丽 普丽丝小姐刚刚还说有一点小小的头痛呢。我看如果同你到公园里去作一次小小的散步，那会对她大有好处的，夏旭柏博士。

普丽丝小姐 瑟西丽，我可从来没有提到什么头痛的事呀。

瑟西丽 不，亲爱的普丽丝小姐，我知道这一点。不过，我天生地感觉到你有点头痛。的确，我本来就没有想什么德语语法课，只想到你恐怕是有一点头痛，而那时夏旭柏博士就来了。

夏旭柏 我希望，瑟西丽，你不是不小心吧。

瑟西丽　啊，我怕我真是不小心呢。

夏旭柏　这就怪了。假如我有幸做普丽丝小姐的学生，我的名字一定会挂在她嘴唇上的。(普丽丝小姐瞪大了眼睛。)我这是形象化的说法。这个形象是从蜜蜂那里学来的。哼，我看沃兴先生还没有从城里回来吧？

普丽丝小姐　我们要等到下个星期一下午才见得到他呢。

夏旭柏　啊，对了，他总是喜欢在伦敦过星期天的。不过，他唯一的目的并不是寻欢作乐，像他那个倒霉的兄弟那样，不过我不该再打扰雅洁霞小姐的功课了。

普丽丝小姐　雅洁霞？我的名字是拉体霞呀，博士。

夏旭柏　(鞠躬。)这只是一个异教作家引用的典故而已。我今天晚上大约还会见到你们二位吧？

普丽丝小姐　我想，亲爱的博士，我倒想同你去散散步。我到底觉得有点头痛，散散步可能会好些。

夏旭柏　那好，普丽丝小姐，我很乐意奉陪。我们可以走到学校再回来。

普丽丝小姐　那很好。瑟西丽,我散步的时候,你可以读你的政治经济学。关于卢比跌价的那一章可以不读。那有一点太耸人听闻了。即使这些金块问题也有它们戏剧性的一面。

(同夏旭柏下坡到花园里去。)

瑟西丽　(捡起书来抛回桌上。)讨厌的政治经济学!讨厌的地理!讨厌的,讨厌的德语!

(梅丽曼上,托盘里有一张名片。)

梅丽曼　尔来使得·沃兴先生开车从车站来了。他还随身带了行李。

瑟西丽　(拿起名片一看。)尔来使得·沃兴先生,B4阿尔巴尼。雅克叔叔的兄弟。你有没有告诉他沃兴先生在城里呢?

梅丽曼　说了,小姐。他看起来很失望的样子。我告诉他你和普丽丝小姐都在花园里。他说他很着急想要和你单独谈谈。

瑟西丽　请尔来使得·沃兴先生到这里来。我看你最好先诉管家给他准备一个房间。

梅丽曼　是,小姐。

(梅丽曼下。)

47

瑟西丽　我以前还没有碰到过真正的坏人。我觉得有些害怕。我怕他会看起来和别人一样。
（阿杰隆上，非常高兴，也很神气。）
他的确是！

阿杰隆　（碰碰帽子。）那是我的小表亲瑟西丽吧，我敢肯定。

瑟西丽　你错得很奇怪。我的个子并不小。事实上，我相信我比我的同龄人还要高一点呢。（阿杰隆有点意外。）不过，我的确是你的表亲瑟西丽。你呢，我从名片上看到，你是我雅克叔叔的兄弟，我的表亲尔来使得，我的坏表叔尔来使得。

阿杰隆　啊！其实我一点也不坏。瑟西丽表亲，你一定不要以为我是坏人。

瑟西丽　如果你不坏，那你一定是用了一种不可原谅的方式来欺骗我们大家。我希望你不是在过两重生活，假装很坏，其实一直是个好人。那就是虚伪了。

阿杰隆　（平心静气地瞧着她。）啊，自然，我有时会比较粗心大意。

瑟西丽　我很高兴听到你这样说。

阿杰隆　事实上，你现在提到这个问题了。我在很多小事上的确是我行我素的。

瑟西丽　我不认为你会因此而感到骄傲吧，虽然我敢肯定那一定是很有趣味的。

阿杰隆　在这里和你在一起，那就更有趣味了。

瑟西丽　我一点也不明白你为什么到这里来。雅克叔叔要星期一下午才会回来呢。

阿杰隆　这可太叫人失望了。我不得不坐星期一早上第一班车上那边去。我有一笔生意使我着急……急着不想去呢！

瑟西丽　你不想去哪里都行，只要不是伦敦？

阿杰隆　不行，我约会的地方就在伦敦。

瑟西丽　那好，我当然知道做生意不遵守诺言是多么重要，如果你还想保留一点生活的美感，不过，我还是认为你最好等到雅克叔叔来了再说。我知道他要和你谈谈你迁居的事呢。

阿杰隆　谈我的什么事？

瑟西丽　谈你迁居的事。他已经去为你购买旅行服装了。

阿杰隆　我肯定不会让雅克去给我准备行装。他对领带这一套并不感兴趣。

瑟西丽　我也认为他并不需要领带。雅克叔叔只是要你到澳大利亚去。

阿杰隆　去澳大利亚？那还不如去死呢！

瑟西丽　那好，他在星期三晚餐会上说：你可以在这个世界和另一个世界，还有澳大利亚之间做出选择。

阿杰隆　啊，那好！我已经收到了澳大利亚和另一个世界的账单，并没有受到特别的鼓舞。这个现实世界对我来说已经够好的了，瑟西丽表亲。

瑟西丽　对，不过你对现实世界有什么用处吗？

阿杰隆　恐怕没有什么用处。所以我才来要你改造我。如果你不在乎的话，请你把这当作你的任务好吗，瑟西丽表亲？

瑟西丽　我怕没有时间，今天下午没有。

阿杰隆　那好，你在乎不在乎我今天下午改造我自己呢？

瑟西丽　那你未免有点吉诃德式了。不过，我认为你

　　　　　不妨试试。
阿杰隆　我会试试。我已经觉得好多了。
瑟西丽　你看起来却更糟糕。
阿杰隆　那是因为我饿了。
瑟西丽　我真粗心。我怎么忘了一个人要过全新生活的时候，总需要正规的、健康的饮食。你到里面来吃好吗？
阿杰隆　谢谢。你可以在我的衣领上插一朵花吗？我要不先在纽扣上插一朵花，胃口就不好。
瑟西丽　要不要黄蔷薇？（拿起剪刀。）
阿杰隆　不，我要粉红的玫瑰。
瑟西丽　为什么？（剪花。）
阿杰隆　因为你像一朵红玫瑰，瑟西丽表亲。
瑟西丽　我不认为你可以这样对我说话。普丽丝小姐从来没对我讲过这一类事情。
阿杰隆　那普丽丝小姐是一个没有见识的老太婆。（瑟西丽把一朵玫瑰插在他的纽扣孔里。）你是我见过的最漂亮的姑娘。
瑟西丽　普丽丝小姐说漂亮的外貌都是陷阱。
阿杰隆　每个有见识的人都心甘情愿地落入这个陷阱。

瑟西丽　我并不想抓住一个有见识的人。我不知道和他谈什么好。

（他们进去了。普丽丝小姐和夏旭柏博士上。）

普丽丝小姐　你太孤独了，亲爱的夏旭柏博士。你应该结婚了。我懂得一个逃世的人——但是不懂一个逃避女人的人。

夏旭柏　（学者似的耸了耸肩。）请相信我，我不懂这些新派的旧名词。原始宗教的理论和实际显然都是反对教士结婚的。

普丽丝小姐　（装得很庄重的样子。）这显然是原始宗教没有维持到今天的原因。而你似乎没有理解，亲爱的博士，坚持独身会使一个男人成为对公众永远有吸引力的对象。男人应该更加谨慎小心，这种单身会使脆弱的男人走上邪路。

夏旭柏　一个男人结了婚难道不是有同样的吸引力吗？

普丽丝小姐　结了婚的男人只对他的妻子有吸引力。

夏旭柏　据说，对妻子往往也没有吸引力。

普丽丝小姐　那要看女人智力的同情心高不高了。婚姻总是靠得住的。成熟了总是可以信得

　　　　　过的。年轻的女人太嫩了一点。(夏旭柏博士吃了一惊。)我这是从植物的观点来说的。我比喻的是水果。不过，瑟西丽到哪里去了?

夏旭柏　也许她跟着我们去学校了。

　　　　　(雅克慢慢从花园后走了出来。他穿了深色的丧服，帽子上缠了黑丝带，戴了黑手套。)

普丽丝小姐　沃兴先生!

夏旭柏　沃兴先生!

普丽丝小姐　这真是太意外了。我们以为要等到星期一下午才能见到你呢。

雅　克　(悲剧式地和普丽丝小姐握手。)我比预定的时间早来了一点。夏旭柏博士，我希望你很好。

夏旭柏　亲爱的沃兴先生，我相信这悲哀的标志并不说明出了什么不幸的事。

雅　克　我的兄弟。

普丽丝小姐　可耻的负债人，还是流浪汉?

夏旭柏　还过着花天酒地的生活?

雅　克　(摇头。)死了!

夏旭柏　你的兄弟尔来使得死了？

雅　克　真的死了。

普丽丝小姐　这对他是一个多么重要的教训！我相信他会得到好处的。

夏旭柏　沃兴先生，我向你表示我最诚心诚意的哀悼。至少你可以知道你是一位多么慷慨、多么能原谅人的兄长，这可以多少给你一点安慰吧。

雅　克　可怜的尔来使得！他的确犯了很多错误。不过，这还是一个叫人难过的打击，打击。

夏旭柏　的确叫人非常难过。你最后是不是和他在一起？

雅　克　不，他死在国外；事实是在巴黎。我昨天夜里得到巴黎大饭店经理的电报。

夏旭柏　提到了他死的原因吗？

雅　克　似乎是严重的伤寒。

普丽丝小姐　种什么瓜，结什么果。

夏旭柏　（举起手来。）要有慈悲心，亲爱的普丽丝小姐，要有慈悲心！我们谁也不是完美的人。我自己就特别经受不了风寒。他要不要在这里下葬？

雅　克　不，他似乎表示过就葬在巴黎了。

夏旭柏　就葬在巴黎？（摇摇头。）我怕这不是最后的严肃认真的心情。你当然希望我下个星期天传道时会稍微提到这件家庭的不幸事。（雅克紧张地握紧了手。）我传道时会谈到荒野的甘露，那几乎可以应用到各种场合，欢乐的，或者在目前的场合下是悲哀的。（大家都叹息。）我在庆祝丰收的时候传过道，举行命名礼或者定名礼，甚至在不幸的或可怕的日子里也传过道。最后一次是在大教堂里，代表一个为防止上层人士不满而组织的慈善团体传道说教。连主教也来听了，并且对我引经据典的印象非常深刻。

雅　克　啊！这使我想起来了，我记得你还谈到了命名的事。夏旭柏博士，是不是？我以为你是知道如何命名的。（夏旭柏博士看起来吃了一惊。）当然，我的意思是说，你还在继续洗礼命名吧，是不是？

普丽丝小姐　当然，不过我很抱歉要说一句，这是神甫在这个教区里最经常的工作了。我经常和穷人阶级谈到这个问题,不过他们似乎不太知道什么是节约。

夏旭柏　不过,你有没有对哪个孩子特别关心的呢,沃兴先生?你的兄弟,我相信,还没有结婚吧,是不是?

雅　克　啊,结了婚。

普丽丝小姐　(痛苦地)为寻欢作乐而活着的人总是这样的。

雅　克　但孩子并不都是这样,亲爱的博士。我非常喜欢孩子。不,事实是我今天下午偏偏想要命名了,你有没有别的事要忙呢?

夏旭柏　当然可以,沃兴先生,不过你不是命名过了吗?

雅　克　我不记得有过这种事。

夏旭柏　你对这个问题有严重的怀疑吗?

雅　克　我当然也想过。不过,我不知道这会不会太麻烦你了,或者你会不会认为我现在的年纪太大了一点。

夏旭柏　一点也不大。成年人的浸礼和洗礼完全是教堂经常办的事情。

雅　　克　还有洗礼？

夏旭柏　你不必担心，只需要浸礼就够了。或者，至少我认为是这样的。我们的天气变化太大。你想在几点钟举行仪式？

雅　　克　我可以在五点钟来，如果你觉得这时间对你合适的话。

夏旭柏　非常合适，非常合适！的确，那个时间我还要同时进行两场同样的浸礼呢。一场双胞胎的浸礼就在你庄园的外围举行。可怜的马车夫坚进斯真是一个非常艰苦的赶车人。

雅　　克　啊！我看和两个孩子一同行浸礼没有什么趣味，那显得太孩子气了。我要五点半钟办，行吗？

夏旭柏　那太好了！那太好了！（拿出表来。）现在，亲爱的沃兴先生，我不能在一个出了丧事的家里待得太久。我只好请你们不要被悲伤压得抬不起头来。对我们是悲伤的考验，却往往暗藏着好消息呢。

普丽丝小姐　在我看来，这是非常明显的好事。

（瑟西丽从内走上前台。）

瑟西丽　雅克叔叔！啊，看到你回来，我太高兴了。你怎么穿了这么讨厌的衣服！快去换了。

普丽丝小姐　瑟西丽！

夏旭柏　我的孩子！我的孩子！

（瑟西丽走向雅克。他忧闷地吻了她的前额。）

瑟西丽　出了什么事啦，雅克叔叔？快活点吧！你看起来好像牙痛似的，而我却准备让你看到一件意外的好事呢。你猜猜谁在餐厅里？你的兄弟！

雅　克　谁？

瑟西丽　你的兄弟尔来使得。他半个钟头前来了。

雅　克　你怎么胡说八道！我没有兄弟呀。

瑟西丽　不要这样说。无论他过去对你做了什么坏事，他总还是你的兄弟呀。你哪里有心肠不认他呢？我要叫他出来。你要和他握手，是不是，雅克叔叔？（跑进屋里去。）

夏旭柏　这是很令人高兴的消息。

普丽丝小姐　我们大家都相信失去了他之后，他却突然出现了，这特别叫我难受。

雅　克　我的兄弟在餐厅里？我不知道这是什么意思，我认为这完全是荒谬。

（阿杰隆同瑟西丽手挽手走了进来。他们慢慢地走向雅克。）

雅　克　天呀！（示意要阿杰隆走开。）

阿杰隆　约翰兄弟，我从城里来告诉你，为了我给你带来的麻烦，我来向你表示歉意。从现在起，我要过更美好的生活了。（雅克瞪着眼睛看他，没有和他握手。）

瑟西丽　雅克叔叔，你怎么不和你兄弟握手呀？

雅　克　我为什么要和他握手？我认为他到这里来丢人现眼。他非常清楚这是为了什么。

瑟西丽　雅克叔叔，你要有点礼貌。每个人都有他的长处。尔来使得刚刚告诉我他经常去看他生病的朋友买醉鬼先生。一个人对生了病的朋友这样好，而且时常离开寻欢作乐的伦敦去坐到病榻旁边，这一定是一个好人。

雅　克　啊！他谈到了买醉鬼，是不是？

瑟西丽　对，他谈到了可怜的买醉鬼先生，还有他生病的情况。

雅　克　那好，我不要他和你再谈什么买醉鬼先生。这会听得叫人发疯的。

阿杰隆　当然，我承认这都是我的错。不过，我也要说明，我认为约翰兄弟对我冷淡是特别令人痛苦的。我希望得到更加热情的欢迎，尤其是因为这还是我第一次到这里来呢。

瑟西丽　雅克叔叔，如果你不和尔来使得握手，我是不会原谅你的。

雅　克　不原谅我？

瑟西丽　不原谅，不原谅，永远不原谅。

雅　克　那好，这是最后一次我这样做了。(和阿杰隆握手，并且瞪着眼睛看他。)

夏旭柏　看到两个兄弟这样完美的和解，那是很有趣的，是不是？

普丽丝小姐　瑟西丽，你和我们一起走吧。

瑟西丽　当然呐，普丽丝小姐，我小小的和解任务已经完成了。

夏旭柏　你今天做了一件美满的好事，亲爱的孩子。

普丽丝小姐　我们不该发表还不成熟的意见。

瑟西丽　我觉得很快乐。

（他们都走出去，留下雅克和阿杰隆。）

雅　克　你这个小滑头阿杰，你给我赶快离开这里。我这里不再要什么买醉鬼了。

（梅丽曼上。）

梅丽曼　我把尔来使得先生的东西都放到你隔壁房间里了，主子。你看怎么样？

雅　克　什么？

梅丽曼　尔来使得先生的行李已经打开，主子，放在你隔壁房间里。

雅　克　他的行李？

梅丽曼　是的，主子。三箱衣服，一包化妆品，两袋帽子，还有一袋午餐饼干。

阿杰隆　恐怕这次我不能住一个礼拜。

雅　克　梅丽曼，快叫马车来。尔来使得先生忽然要回城里去了。

梅丽曼　是的，主子。（出外。）

阿杰隆　你怎么说起谎话来了，雅克？我并没有事要回城里去呀。

雅　克　有的，有事要你回去。

阿杰隆　没有人要我去。

雅　克　一个上等人的责任要你回去。

阿杰隆　我作为上等人的责任，对我的寻欢作乐没有什么不同的意见。

雅　克　这点我能理解。

阿杰隆　那好，瑟西丽是一个很可爱的姑娘。

雅　克　你不能这样说卡迪幽小姐。我不喜欢你这样叫她。

阿杰隆　那么，我不喜欢你穿这样的衣服。你穿这套丧服简直叫人发笑。你为什么不看在老天的分上去换一套？只有小孩子做游戏，才会哀悼一个明明白白在自己家里住了一个星期的客人。我认为这简直是荒谬得可笑。

雅　克　你肯定不能在我家作为客人或者其他关系住上一个星期。你一定得走，坐四点零五分的火车走。

阿杰隆　只要你还穿着丧服，我怎么能离开你呢？那不是太不够朋友了吗？如果我是在服丧中，我看你是会和我待在一起的。如果你不和我待在一起，我倒要认为你太不够朋友了。

雅　克　那好，如果我去换衣服你就走吗？

阿杰隆　是的,如果你换衣服的时间不太长的话。我从来没见过一个人穿丧服穿这么长的时间,却又这样没有效果的。

雅　克　那好,随你怎么说,这总比你穿得太多好一些吧。

阿杰隆　如果我有时稍微穿得多一点,我也会用心里多得不可胜数的智慧来和身上穿的厚实的衣服比美,显得内外交辉的。

雅　克　你的虚荣心高傲得笑死人,你的行动又粗鲁得叫人啼笑皆非,你出现在我的花园里简直是荒谬绝伦的。无论如何,你得赶四点零五分的车走。我希望你回城的旅途愉快。这个你所谓的买醉鬼对你说来并没有使你得到什么好处。(走进屋内。)

阿杰隆　在我看来,这已经是天大的胜利。我得到了瑟西丽的爱情。而这对我就是一切。

（瑟西丽从花园后上。她拿起水壶,开始浇花。）

但是我走以前,一定要见到她,为买醉鬼作另外一次安排。瞧,她来了。

瑟西丽　啊,我只是来浇玫瑰花的。我以为你和雅克叔叔在一起呢。

阿杰隆　他去给我要马车了。

瑟西丽　他要和你去兜风吗？

阿杰隆　他要把我打发走了。

瑟西丽　那么我们要分别了。

阿杰隆　恐怕不得不分手了。这是很痛苦的离别。

瑟西丽　和一个刚结识不久的人离别，那总是很痛苦的。和老朋友分手，反倒可以心平气和。不过，和一个刚刚推心置腹的人即使只离开很短的时间，也几乎是无法忍受的。

阿杰隆　太谢谢你了。

（梅丽曼上。）

梅丽曼　马车已经到门口了，先生。

瑟西丽　马车可以，梅丽曼，可以……等上五分钟。

梅丽曼　是，小姐。

（梅丽曼下。）

阿杰隆　我希望，瑟西丽，我不会得罪你，如果我老老实实公开对你说：你是我见到的绝对完美的人物。

瑟西丽　我看你的坦诚使你得到了绝对的信任，尔来使得。如果你不反对，我要把你的金玉良言写到我的日记本上去。（走到桌前，写在日记本上。）

阿杰隆　你的确写日记吗？我愿意付出任何代价，只要能看看你的日记。

瑟西丽　啊，那可不行。（把手放在日记本上。）你看，这不过是一个年轻姑娘记下来的思想和印象，因此并不适宜公开。等它印成了书，我希望你能订购一本。因此，尔来使得，请你继续说吧。我很高兴把你说的话一字一句都记下来。我已经忠实得无以复加了。请你接着讲吧，我已经准备好了记录呢。

阿杰隆　（有点意外。）啊哼，啊哼。

瑟西丽　不要咳嗽，尔来使得。我在记录的时候，你一定要说得顺口，不要咳嗽。再说，我也不知道怎样把咳嗽记下来。（记录阿杰隆说的话。）

阿杰隆　（说得很快。）瑟西丽，自从我第一次看到你惊人的无比的美丽，我就疯狂地、热情奔放地、一心一意地、绝无希望地爱上你了。

瑟西丽　我认为你不应该告诉我你爱得发疯,热情奔放,一心一意,绝无希望。绝无希望是不是说得言过其实了,是不是?

（梅丽曼上。）

梅丽曼　马车在等着呢,先生。

阿杰隆　叫它等一个星期再来吧,还是在这个钟点。

梅丽曼　（瞧着瑟西丽,她却没有表示。）是,先生。

（梅丽曼下。）

瑟西丽　雅克叔叔会很不高兴的,如果他知道了你还要待一个星期,待到这个时候才走的话。

阿杰隆　啊,我不在乎雅克怎么样。我不在乎全世界要怎么样,我只在乎你。我只爱你啊,瑟西丽。和我结婚吧,好不好?

瑟西丽　你这个傻小子！当然可以啰。有什么不可以的,我们订婚都三个月了。

阿杰隆　三个月了?

瑟西丽　对,到星期四就三个月整了。

阿杰隆　我们是怎么订婚的?

瑟西丽　好,自从亲爱的雅克叔叔第一次对我说他有一个年轻的兄弟,人品很坏,那当然就是你了，你就成了我和普丽丝小姐谈话的主题。当然呐，一个男人谈得越多，吸引力就越大。总而言之一句话，人家总会觉得他与众不同。我敢说我那时很傻，但是我的确爱上你了，尔来使得。

阿杰隆　亲爱的，那订婚是什么时候决定的？

瑟西丽　二月十四日。但是你对我的存在似乎毫无所知，这使我筋疲力尽了，我就决定不管怎么样也要把这件事搞个水落石出，于是我和自己挣扎了好久，我就在这一棵亲爱的老树下答应和你订婚了。第二天，我去买了有你名字的戒指，这个小小的首饰上面有个情人节，我答应你要永远戴在手上。

阿杰隆　这是我给你的吗？这很漂亮啊，是不是？

瑟西丽　是的，你的欣赏力简直高得惊人，尔来使得。所以我就原谅你过去一切荒唐的放荡生活了。就是在这个盒子里我保存着你所有的亲亲热热的情书。（跪在桌前，打开盒子，拿出用蓝丝带绑好的信件。）

阿杰隆　我的情书吗？不过，我亲爱而又甜蜜的瑟西丽，我从来没有给你写过情书呢。

瑟西丽　你用不着提醒我这一点，尔来使得。我记得非常清楚我为什么不得不替你给我写情书。我经常一个星期写三封，有时还要多些。

阿杰隆　啊，让我读读这些情书好不好，瑟西丽？

瑟西丽　啊，这怎么可能？读了这些信会使你自高自大的。（把信盒放回原处。）这三封取消婚约的信写得这样美，拼音错误又这样多，即使现在要我再读一遍，我也难免要哭起来的。

阿杰隆　我们的婚约又作废了吗？

瑟西丽　当然是作废了。三月二十二日，你可以看看这一天的日记。（打开日记本。）"今天我撕毁了我和尔来使得的婚约。我觉得这样更好。天气还是好得迷人。"

阿杰隆　那你为什么要废掉婚约？我做了什么错事吗？我什么也没有做错呀。瑟西丽，听说你毁了婚约，我的确非常伤心，特别是因为天气还好得迷人呢。

瑟西丽　婚约如果没有破裂一次，哪能算是什么认真的订婚书呢？不过，一个星期还没有过，我就原谅你了。

阿杰隆 （走过去跪下。）你真是一个完美的天使，瑟西丽。

瑟西丽 你是个可爱的浪漫郎君。（他吻她，她把手指穿过他的头发。）我希望你的头发能自然卷起，那就好了。

阿杰隆 是，亲爱的，那还要你帮点忙。

瑟西丽 我很高兴能帮你忙。

阿杰隆 我们订了婚，你不会再毁约了吧，瑟西丽？

瑟西丽 我认为，现在我既然已经见到了你，我自然不会再毁约了。不过，当然，还有你的名字问题。

阿杰隆 是，那当然。（紧张了）

瑟西丽 你不要笑我，亲爱的，不过那总是我做姑娘时的一个梦，要爱上一个叫"尔来使得"的人。

（阿杰隆站起来，瑟西丽也站起来。）

这个名字似乎能引起绝对的信任。我怜悯那些丈夫不叫"尔来使得"的妻子。

阿杰隆 不过，我亲爱的孩子，你的意思是不是说：

	如果我的名字不是"尔来使得",你就不爱我了?
瑟西丽	那是什么名字呢?
阿杰隆	什么名字都行,比如说——阿杰隆——怎么样?
瑟西丽	不过,我不喜欢阿杰隆这个名字。
阿杰隆	那好,我亲爱的、甜蜜的、心疼的小宝贝,我的确不知道你为什么反对阿杰隆这个名字。这是一个鼎鼎大名呀。这的确是一个贵族的姓氏。破产法庭有一半人都叫阿杰隆。说正经话,瑟西丽。——(走到她身边。)——如果我的名字是阿杰隆,你就不能爱我了吗?
瑟西丽	(站了起来。)我可能会尊重你,尔来使得。我可能会看重你的家世,但我恐怕不能给你不可分割的感情。
阿杰隆	啊哼!瑟西丽!(拿起他的帽子。)你的神甫来了。我看他对教堂的各种礼仪规矩一定是非常熟悉的吧?
瑟西丽	啊,那当然了。夏旭柏博士是个很有学问的

人，他可从来没有写过一本书，这就可以想象得出他的学问多么大了。

阿杰隆　我有一件非常重要的命名典礼要去向他请教——所以我就不得不走了。

瑟西丽　啊！

阿杰隆　我去不会超过半个小时。

瑟西丽　考虑到我们自从二月十四日订婚以后，我今天才第一次和你见面，我认为你就要离开我半个小时，那实在是时间太长，长得我无法忍受。你能不能只去二十分钟？

阿杰隆　我很快就会回来。（和她亲吻，急急忙忙走下到花园去的台阶。）

瑟西丽　这是一个多么性急的男子汉啊！我真喜欢他的头发。一定要把他的建议写到日记中去。

（梅丽曼上。）

梅丽曼　费法克小姐要见沃兴先生。有非常重要的事情，费法克小姐是这样强调的。

瑟西丽　沃兴先生在图书室吗？

梅丽曼　沃兴先生到教堂那一边去了。

瑟西丽　请小姐到外面来吧。沃兴先生肯定很快就会回来的。你可以上茶了。

梅丽曼　是，小姐。（下。）

瑟西丽　费法克小姐？我看恐怕是和雅克叔叔在伦敦的慈善事业有关的上了年纪的女士吧。我不太喜欢和慈善事业有关的女人。我认为她们太先进了。

（梅丽曼上。）

梅丽曼　费法克小姐。

（关多能上。梅丽曼下。）

瑟西丽　（走上前去迎接。）请允许我向你介绍我自己，我的名字是瑟西丽·卡迪幽。

关多能　瑟西丽·卡迪幽？（上前和她握手。）多好听的名字！这说明，我们会是好朋友的，我已经喜欢你喜欢得说不出来了。我对人的第一个印象还没有错过呢。

瑟西丽　我们见面的时间这样短，你就这样喜欢我，你真是太好了。请坐吧。

关多能　（还是站着。）我可以叫你瑟西丽吗？好不好？

瑟西丽　那太好了。

关多能　那你也可以叫我关多能了，好吗？

瑟西丽　只要你愿意就行。

关多能　那就一言为定了，是不是？

瑟西丽　但愿如此。

（两人无言。一同坐下。）

关多能　也许这是一个很好的机会，我可以来自我介绍一下。我的父亲是布克勒勋爵。我看，你恐怕从来没有听说过我爸爸的名字吧。

瑟西丽　我想是的。

关多能　在家庭的圈子以外，我敢说，爸爸是没有人知道的。我以为这是理所当然的事。在我看来，家庭似乎是男人唯一应该待的地方。肯定地说，一个男人开始忽略了他的家务事，他就很痛苦地女性化了，是不是？我可不喜欢这一套。这使男人变得更有吸引力。瑟西丽，我妈妈对教育的看法是非常严格的，她把我抚养成了一个极端近视的人，这就是她那一套教育的结果。你不在乎我戴眼镜看你吧？

瑟西丽　啊！当然不在乎，关多能。我非常喜欢人家看我。

关多能　（用长柄眼镜仔细看了看瑟西丽。）你到这里来，我想，是作一次短期拜访吧？

瑟西丽　啊，不对！我就住在这里。

关多能　（严肃地）当真？你的母亲，当然，或者其他长辈女亲，也住在这里？

瑟西丽　不对，我没有母亲。事实上，也没有任何亲属。

关多能　当真？

瑟西丽　只有我亲爱的保护人在普丽丝小姐的帮助下负起了这个艰巨的任务。

关多能　你的保护人？

瑟西丽　对，沃兴先生是我的保护人。

关多能　啊！这就怪了，他从来没有对我提起过他保护了什么人。他的保密性多强啊！他每一个小时都变得更有趣了。然而，我不敢肯定这个消息会使我感到纯粹的乐趣。（站起来向她走过去。）我非常喜欢你，瑟西丽；我一见到你就一直喜欢你了。不过，我现在不得不告诉你，既然你是受到沃兴先生保护的

	人，我就不得不希望你应该是，那好，你的年纪应该比你现在看起来更大一点才好——外表看起来不要这样讨人喜欢。事实上，如果我可以坦白说——
瑟西丽	请你坦白说吧！我认为如果一个人有什么不好听的话，那总是老实说出来更好。
关多能	那好，老老实实地说，瑟西丽，我希望你已经满四十二岁了，并且看起来比四十二岁还老。尔来使得富有实事求是的性格。他的灵魂深处就是忠诚老实。他不可能不老实，正如他不可能骗人一样。不过，即使是性格最高尚的人也非常容易受到别人美丽体形的影响。现代史和古代史都可以提供许多我刚提到的令人痛苦的事例。如果事实不是这样，历史也就不值得一读了。
瑟西丽	对不起，关多能，你说的是尔来使得吗?
关多能	是的。
瑟西丽	但我的保护人并不是尔来使得·沃兴先生，而是他的兄长——他的哥哥。
关多能	（又坐下来。）尔来使得从来没有对我说过他

还有兄弟呀。

瑟西丽　真对不起,我要告诉你,他们的关系很久以来就不怎么和谐了。

关多能　啊!原来如此。我现在才明白为什么我从来没有听人说过他的兄弟了。这个题目似乎对很多人都不是怎么愉快的。瑟西丽,你搬掉了我心上的一个负担。我本来几乎要着急了。假如有乌云来遮蔽我们友谊的晴空,那本来会是很可怕的,你看是不是?自然你敢肯定,十分肯定这不会是你的保护人尔来使得·沃兴先生?

瑟西丽　十分肯定。(停了一下。)事实是我就要成为他的了。

关多能　(追问。)你说什么?

瑟西丽　(有点不好意思,但是信心十足。)最亲爱的关多能,我没有什么理由要向你隐瞒这个秘密,我们乡下的小报肯定下星期就要宣布这件事。尔来使得·沃兴先生和我已经商定要结婚了。

关多能　(很有礼貌地站起来。)我亲爱的瑟西丽,我想这一定有点小误会。尔来使得·沃兴先生和我订了婚，《晨报》最晚到星期六就会发表这个消息。

瑟西丽　（非常有礼貌地站了起来。）我怕你一定是理解错了。尔来使得刚刚十分钟前还向我提出要结婚呢。（拿出日记本来。）

关多能　（用长柄眼镜仔细检查日记本。）这的确是非常奇怪，因为他昨天下午五点钟还要求我做他的妻子呢。如果你要证实这件事，那就请你看看。（拿出她自己的日记本。）我就是外出也带着日记本的。一个人在火车上总该有触动感情的读物。真对不起，亲爱的瑟西丽，如果这会给你带来失望的话，不过怕我是有优先权的。

瑟西丽　这会使我觉得说不出有多么难过，亲爱的关多能，如果我会使你的身心感到焦虑的话，我也不得不指出来：即使他向你提出过建议，显然他后来又改变了主意。

关多能　（思考了一下。）如果这个可怜人上了当，做出了糊涂的诺言，那我认为我有责任立刻对他进行挽救,并且要坚决进行。

瑟西丽 （顾虑重重而又哀伤地）无论我亲爱的男人陷入了多么复杂的纠纷,只要我们结了婚,我都不会怪他。

关多能 卡迪幽小姐,你认为这是一场感情纠纷吗?你这样说未免太主观片面了。在这种情况下,说出自己的心情不只是一种道德上的责任,简直是一种乐趣。

瑟西丽 费法克小姐,难道你的意思是说我引诱尔来使得陷入了圈套?你怎么能这样说话?现在没有时间来戴上客套的假面具了。我要开门见山,看到什么就说什么。

关多能 （讥讽地）我很高兴地告诉你:我可什么也没有看见。显然,我们的社会地位是大大地不同了。

（梅丽曼上。仆人随后拿了托盘、桌布、茶具。瑟西丽正要反驳,仆人在场,使她不好发作。两位小姐都着急了。）

梅丽曼 要不要照常上茶,小姐?

瑟西丽 （板着脸,冷静地说。）照常上茶。

（梅丽曼开始擦桌子，摆桌布，大家都不说话。瑟西丽和关多能互相瞪着。）

关多能　附近有好散步的地方吗，卡迪幽小姐？

瑟西丽　啊！有的，还不少呢。从附近的小山上可以看到五个邻村。

关多能　五个邻村！那我可不喜欢。我最讨厌人多。

瑟西丽　（客气地）我想这就是你喜欢住在城里的缘故吧。

（关多能咬咬嘴唇，用伞敲脚。）

关多能　（向周围一望。）这个花园整理得真好。

瑟西丽　你喜欢这花园，我很高兴，费法克小姐。

关多能　我本来想不到乡下有这么多花。

瑟西丽　啊，这里花很多，费法克小姐，就像在伦敦人很多一样。

关多能　就个人来说，我不明白为什么有人喜欢住在乡下，而乡下总使我讨厌得要死。

瑟西丽　啊！这就是报上说农村不景气的原因，是不是？我相信现在的贵族觉得很苦恼。有人对我说：这几乎成了他们中间的流行病。我可以请你喝点茶吗，费法克小姐？

关多能　（客气得有点像做作。）谢谢。（旁白）讨厌的女人！不过茶还是要喝的。

瑟西丽　（甜蜜地）要糖吗？

关多能　（眼睛往上看。）不要，谢谢。现在已经不时兴吃糖了。

　　　　（瑟西丽生气地瞧着她。用钳子夹起四大块糖来，放进关多能茶杯里。）

瑟西丽　（认真地）要饼干还是黄油面包？

关多能　（厌烦的样子）请给我黄油面包。上等人家里是很少吃饼干的。

瑟西丽　（切了一大块饼干放在碟子里。）请给费法克小姐送去。

　　　　（梅丽曼送饼干后同仆人下。关多能喝茶后做了一个鬼脸，立刻把茶杯放下，伸出手来去拿黄油面包，看了一眼，发现却是饼干，于是狠狠地站了起来。）

关多能　你在我的茶杯里放下了大块的方糖。虽然我清清楚楚地要的是黄油面包，你却偏偏给了我饼干。我的脾气好是出了名的，我的性格也是特别温柔，但是我要警告你，卡迪幽小姐，你不要做得太过分了。

瑟西丽　（站了起来。）为了挽救我可怜的、清白无辜的、容易相信别人的男朋友，要他不受别的女人欺骗，我是没有什么方法不使用出来的。

关多能　从我看见你的第一眼起，我就对你不敢信任。我感到你是一个虚伪的骗人的女人。在这种问题上，我是从来不会上当受骗的。我对人的第一印象从来都是正确无误的。

瑟西丽　在我看来，费法克小姐，我是超过了你的黄金时代的。没有问题，你有许许多多说不完的好处，可以到别的地方去大吹大擂吧。

（雅克上。）

关多能　（一眼看见了他。）尔来使得，我亲爱的尔来使得！

雅　克　关多能！亲爱的！（正要吻她。）

关多能　（忽然退后。）等一等！我要问你：你是不是和这个年轻的小姐说好要结婚了？（指着瑟西丽。）

雅　克　（大笑。）和我亲爱的小瑟西丽！当然没有！

怎么会使你漂亮的小脑袋有这种想法的?

关多能　谢谢你。你可以吻了。(脸颊迎上。)

瑟西丽　(甜蜜地)我知道这一定是出了误会,费法克小姐。这位胳膊抱住你腰身的人正是我的保护人约翰·沃兴先生。

关多能　对不起,你说?

瑟西丽　这就是雅克叔叔。

关多能　(后退。)雅克!啊!

(阿杰隆上。)

瑟西丽　尔来使得也来了。

阿杰隆　(一直走向瑟西丽,没有注意到别人。)我亲爱的情人!(要吻她。)

瑟西丽　(后退。)等一等,尔来使得!我要问你——你和这位年轻小姐说过要结婚吗?

阿杰隆　(四围一看。)哪一位年轻小姐?老天呀!关多能!

瑟西丽　对!和老天结婚,关多能。我的意思是和关多能结婚。

阿杰隆　(大笑。)怎么可能?你这么年轻漂亮的头脑怎么会有这样稀奇古怪的想法?

瑟西丽　谢谢。（把脸送到阿杰隆嘴边。）你可以吻了。（阿杰隆吻她。）

关多能　我觉得这中间出了一点误会。卡迪幽小姐，现在拥抱你的，是我的表亲阿杰隆·孟克丽。

瑟西丽　（挣脱阿杰隆的怀抱。）阿杰隆·孟克丽？啊！

（两位小姐互相走近，胳膊抱住对方的腰身，仿佛寻找保护一样。）

瑟西丽　你是阿杰隆吗？

阿杰隆　我怎能不承认呢？

瑟西丽　啊！

关多能　你的名字真正是约翰吗？

雅　克　（相当骄傲地站了起来。）我想否认就可以否认，我想否认什么都可以否认什么。不过我的名字一定是约翰。多年来它就是约翰了。

瑟西丽　（对关多能）我们两个长期受骗了。

关多能　我可怜的受了伤的瑟西丽！

瑟西丽　我可怜的受了骗的关多能！

关多能　（慢慢地，认真地）你可以叫我作姐姐了，好不好？

（她们两人互相拥抱。雅克和阿杰隆唉声叹气，走来走去。）

瑟西丽　（正大光明地）现在，我只想问我的保护人一个问题。

关多能　一个好主意！沃兴先生，我也只想问你一个问题：你的兄弟尔来使得到哪里去了？我们两个都和他订了婚，就要和你的兄弟尔来使得结婚了。因此，这对我们说来是一个重要的问题。我们要知道你的兄弟尔来使得现在在什么地方。

雅　克　（犹豫不决，慢慢地说。）关多能——瑟西丽——我很痛苦，不得不老实告诉你们。这是我有生以来第一次不得不痛苦地对你们说，其实我们对做这种事毫无经验。然而，我要老实告诉你们：我根本没有尔来使得这个兄弟，我根本没有兄弟。我一辈子也没有过，将来肯定也不会想有一个。

瑟西丽　（吃了一惊。）根本没有兄弟？

雅　克　（高兴地）没有！

关多能　（认真地）难道你从来没有任何兄弟？

雅　克　（愉快地）从来没有任何兄弟。

关多能　我怕这已经说得很清楚了，瑟西丽，我们两个人谁也没有和任何人约定结婚。

瑟西丽　一个年轻姑娘忽然发现自己处在这种境地，恐怕不会是很愉快的，是不是？

关多能　我们进屋里去吧。他们恐怕不敢跟我们进去了。

瑟西丽　他们不敢，男人总是胆小的，对不对？

（她们带着瞧不起的神气走进屋内。）

雅　克　这种冷冰冰的状态就是你所谓的"买醉归"吧？我看差不多了。

阿杰隆　对，这是十足的"买醉归"，是我一生中最奇妙的买醉归了。

雅　克　那好，你可没有任何权利在这里买醉归呀。

阿杰隆　你说得多荒谬。一个人愿意在哪里买醉归，就可以在哪里买。每个认真的买醉鬼都知道。

雅　克　认真的买醉鬼！老天呀！

阿杰隆　好，一个人如果想要生活中有点乐趣，那总得有认真的时候。我碰巧对买醉归是认真的。世界上有什么事值得认真对待呢？我连

　　　　一点观念都没有。那我就认为对任何事都要认真。你的脾气却是这样绝对的琐碎。

雅　　克　那好，在你整个无聊的事业中，如果还有一点能使我得到满足，那就是充分利用你的朋友买醉鬼了。但是你现在不能像过去那样利用他的名义下乡去，亲爱的阿杰。这也是以前很好的事。

阿杰隆　你的兄弟已经有一点变色了，是不是，亲爱的雅克？你不能再像过去那样利用你的习惯手法瞒天过海离开伦敦了。这倒也不是坏事。

雅　　克　你对卡迪幽小姐的态度，我不得不说你这样对待一个单纯、清白、甜蜜的姑娘简直是不可原谅的。还不用说她是受我保护的人呢。

阿杰隆　我也看不出你有任何可能辩护的理由，说明你可以欺骗一个光明磊落、聪明伶俐、经验丰富、像费法克小姐那样的女士。更不用说她还是我的表亲呢。

雅　　克　我要和关多能小姐订婚，这就是原因。因为我爱她。

阿杰隆　那好，我也不过是要和瑟西丽订婚而已。我恋着她。

雅　克　你肯定没有可能和卡迪幽小姐结婚。

阿杰隆　我也看不出来，雅克，你和费法克小姐有结合的可能吗？

雅　克　那好，不过这不是你的事。

阿杰隆　如果这是我的事，我就不会和你谈了。（开始吃松饼。）谈正事太无聊了。只有股票商才谈生意经，而且只在晚餐会上才谈。

雅　克　你怎能心安理得地坐在那里吃你的松饼？我们正在讨厌的麻烦中，不知如何是好啊。在我看来，你似乎是个没有心肝的人。

阿杰隆　你说对了，我心情激动怎么能吃松饼呢？那黄油不会弄脏我的衣袖么？所以吃松饼一定要心平气和。这是吃松饼最好的姿态。

雅　克　我说，在现在这种情况下，吃松饼完全是没有心肝的人做的事。

阿杰隆　在我有麻烦的时候，吃东西是唯一能安慰我的办法。的确，只要我真正惹上了大麻烦，熟悉我的人都会告诉你，除了吃喝以外，我什么都不干。目前我吃松饼，就是因为我不高兴。再说，我也特别喜欢松饼。（站了起来。）

雅　克　（也站起来。）好，那你就没有理由把松饼这样吃个一干二净。（把阿杰隆面前的松饼拿走。）

阿杰隆　（献上茶点。）我看，那就请你用茶点吧。我是不喜欢茶点的。

雅　克　老天呀！我以为一个人只是在自己的花园里才用茶点的。

阿杰隆　不过你刚才说了：吃松饼是完全没有心肝的人做的事。

雅　克　我是说在目前的情况下，你吃松饼是完全没有心肝的。这是完全不同的两回事。

阿杰隆　也许是吧。不过松饼还是一样的。（抢过雅克的盘子。）

雅　克　阿杰，看在老天的分上，请你走吧。

阿杰隆　你不可能要我不吃晚餐就走呀，这是很荒谬的，我不能不吃晚餐就走。没有人能这样。

除非是吃素的人或者是他们的同伙。再说，我和夏旭柏博士还另有安排，六点差一刻我要他为尔来使得行命名礼。

雅　克　我亲爱的伙计，放弃你这无聊的命名礼吧，放弃得越快越好。我今天早上也和夏旭柏博士做了安排，五点半钟为我举行命名礼。我当然用的是尔来使得的名字。关多能也同意。你和我不能两个人都命名为尔来使得呀。那就太荒谬了。再说，只要我愿意，我完全可以选择我喜欢的名字。没有任何证据能够说明任何人为我举行过命名礼。我认为我完全可以说我从来就没有举行过命名礼，而夏旭柏博士也是这样认为的。这和你的情况就完全不同了。你是已经举行过命名礼的啦。

阿杰隆　对，不过我也多年没有再举行命名礼了。

雅　克　对，但是你到底举行过命名礼，这是非常重要的。

阿杰隆　对，但是我知道我是有资格举行命名礼的。如果你不敢肯定你是否举行过命名礼，我敢说我认为你现在命名是危险的。你怎么忘记了在巴黎和你有非常密切关系的人上星期得风寒病几乎送命了。

雅　　克　对，但是你自己也说过：风寒病是不会遗传的。

阿杰隆　过去不会遗传，这我知道——但是我现在敢说：风寒病会遗传了。科学的进步常常是惊人的。

雅　　克　（拿起松饼盘子。）这是胡说，你总是胡说八道。

阿杰隆　雅克，你又要吃松饼了！我希望你不要吃。只剩下两块了。（拿起松饼。）我对你说过：我特别喜欢吃松饼。

雅　　克　但是我不喜欢吃茶点。

阿杰隆　那你怎么能在世界上用茶点来招待你的客人呢？你这能算是主人的礼貌吗！

雅　　克　阿杰隆！我已经对你说过：要你快走。我这里用不着你了。你为什么还不走呀！

阿杰隆　我还没有喝完我的茶呢！何况还有一块松饼。

(雅克叹了一口气,把身子沉到椅子里去,阿杰隆还在吃他的松饼。)

(第二幕完)

第三幕

　　武尔顿宅邸起居室。关多能和瑟西丽坐在窗前,望着花园。

关多能　事实上,他们没有像别人一样立刻跟着我们进来,似乎说明他们还有一点羞耻之心。

瑟西丽　他们在吃松饼。看来好像有点后悔。

关多能　(停了一下。)他们似乎根本没有注意我们。你能不能咳嗽一声?

瑟西丽　我没有受凉呀。

关多能　他们在瞧我们。好大的胆!

瑟西丽　他们走过来了。这又进了一步。

关多能　我们要严肃地沉默。

瑟西丽　当然。现在只能这样了。

(雅克上,阿杰隆随后。他们吹着一个英国剧本中的民歌口哨。)

关多能　这样沉静似乎产生了不愉快的效果。

瑟西丽　实在没有趣味。

关多能　不过,我们不要先开口。

瑟西丽　当然不开口。

关多能　沃兴先生,我有特别的事要问你。那就要看你怎样回答了。

瑟西丽　关多能,你的常识真是无价之宝。孟克丽先生,请你回答我一个问题:你为什么要冒充

　　　　　我保护人的兄弟？

阿杰隆　为了有机会见到你呀。

瑟西丽　（对关多能）这当然似乎说得过去，是不是？

关多能　是，亲爱的，如果你相信他的话。

瑟西丽　我不信。不过这并不影响他回答得巧妙。

关多能　的确。在非常重要的问题上，生死攸关的是你说话的方式，不是你诚恳不诚恳。沃兴先生，你对我假装说你有一个兄弟。你能怎么解释？难道目的就是要有尽可能多的机会到城里来看我吗？

雅　克　你对这点还有什么怀疑吗，费法克小姐？

关多能　我对这个问题有最严重的怀疑。不过，我想消灭我的疑心，这不是相信德国怀疑主义的时刻。（向瑟西丽走去。）他们的解释显得令人满意，尤其是沃兴先生的解释。在我看来，这似乎是打上了真实的印记。

瑟西丽　我对孟克丽先生的解释特别满意。他的声音就能赢得绝对的信任。

关多能　所以你认为我们应该原谅他们？

瑟西丽　是的，我的意思是不能原谅。

关多能　　当真！我已经忘记了。有些原则出了问题是不能原谅的。我们两个谁去告诉他们？这个工作可不是一件愉快的事情。

瑟西丽　　我们两个能不能同时说？

关多能　　那好极了！我总是和别人同时说的。你和我同时说好不好？

瑟西丽　　当然可以。

（关多能举起手来打拍子。）

关多能和瑟西丽　（同时说。）你的教名是一个不可逾越的障碍。问题就在这里！

雅克和阿杰隆　（同时说。）我们的教名！就是这个问题吗？我们今天下午正是要命名呢。

关多能　　（对雅克）为了我的缘故，你也预备做这种可怕的事情？

雅　克　　是的！

瑟西丽　　（对阿杰隆）为了讨我欢喜，你准备面对这个可怕的考验？

阿杰隆　　我敢。

关多能　　说起男女平等来，那是多么荒谬！只要一说到自我牺牲的问题，男人就远远超过了我们。

雅　克　是的。（紧紧抓住阿杰隆的手。）

瑟西丽　他们在体力上有勇气的时刻，我们女人却是绝对无知的。

关多能　（对雅克）亲爱的。

阿杰隆　（对瑟西丽）亲爱的！

（他们互相投入对方的怀抱。）

（梅丽曼上。他进来时一看情况就大声咳嗽。）

梅丽曼　啊哼！啊哼！布克勒夫人到！

雅　克　天哪！

（布克勒夫人上。）

（两对男女惊慌分开。梅丽曼下。）

布克勒夫人　关多能！这是什么意思？

关多能　这只是说：我和沃兴先生说好要结婚了，妈妈。

布克勒夫人　过来。坐下。立刻坐下。随便怎么犹豫不决都表示年轻人的内心堕落，成年人的身体衰弱。（转身对雅克说。）先生，一知道我女儿离开了她的忠仆，其实我只花了一个小小的铜币就买到了女仆的信任，我立刻坐上一辆行李车跟着她到这里来了。我女儿不幸的父亲，我很高兴告诉你们，他旁听了大学计划外的关于思想上的永久收入的课程，我并不想指出他迷失了方向。的确，我从来没有打算在任何问题上使一个误入歧途的人走上正确的道路。我会认为那是犯了错误。但是，当然，你们都会明白，你们和我女儿之间的来往关系从现在起，就必须立刻断绝，关于这一点，其实就像其他各点一样，我是坚决不会退让一步的。

雅　克　我和关多能已经说好要结婚了，布克勒夫人。

布克勒夫人　你不许干这种事，先生。现在，轮到阿杰隆了！……阿杰隆！

阿杰隆　什么事，奥古斯达姨妈？

布克勒夫人　我要问你：你的残疾朋友买醉鬼是不是住在这里？

阿杰隆　（张口结舌。）啊！不是！买醉鬼不住在这里。买醉鬼现在住在别的地方。事实上，买醉鬼已经死了。

布克勒夫人　死了？什么时候死的？他的死怎么这样

突然！

阿杰隆　（轻飘飘地）啊！我今天下午把买醉鬼杀死了。我的意思是说：可怜的买醉鬼今天下午死了。

布克勒夫人　他得了什么病死的？

阿杰隆　他是爆炸身亡的。

布克勒夫人　爆炸！那他是革命暴动的牺牲品吗？我不知道买醉鬼先生居然对社会和法律感兴趣了。如果真是这样，他这也是罪有应得。

阿杰隆　我亲爱的奥古斯达姨妈，我的意思是说：他被人发现了！医生发现买醉鬼不能活下去。这就是我的意思——所以买醉鬼就死了。

布克勒夫人　他似乎对他外科医生的意见非常相信。然而，我很高兴，他最后下了决心，采取了无可挽回的行动，并且是在医生的正确劝告之下采取的。现在，我们总算最后解决了买醉鬼先生的问题，我可不可以问你，沃兴先生，那个年轻人是谁呀？她让我的外甥阿杰隆握住她的手，但是在我看来，这种握手似乎是一种特别不需要的姿态。

雅　克　那位女士就是受我保护的瑟西丽·卡迪幽小姐。

（布克勒夫人冷淡地向瑟西丽弯了弯腰。）

阿杰隆　我已经约好要和瑟西丽结婚了，奥古斯达姨妈。

布克勒夫人　对不起，你说什么？

瑟西丽　孟克丽先生和我已经约好要结婚了，布克勒夫人。

布克勒夫人　（有点发抖，走到沙发前坐下。）我不知道哈夫郡这个特别的地方在空气中有什么特别激动人心的气味，但是知道那地方订婚人数之多似乎远远超过了指导我们的统计数字。我想一定要事先打听一下，才不会辜负我的地位。沃兴先生，卡迪幽小姐不是和伦敦一个大火车站有联系吗？我这只是想打听一点消息。直到昨天为止，我还不知道有什么大家族的人和铁路终点站发生过什么关系呢。

（雅克看起来非常生气，但还是克制了自己。）

雅　克　（声音清楚而有克制。）卡迪幽小姐是已故的托马斯·卡迪幽先生的孙女，家产有伦敦西南贝格拉广场140号、苏来郡多景杰华斯花园、菲府郡游乐场。

布克勒夫人　这听起来不能说不令人满意。三处房产听了总会使人产生信心，即使是商人也不例外。但是你有什么证据呢？

雅　克　我小心在意地保存了当时的《法院手册》，可以供你查考，布克勒夫人。

布克勒夫人　（冷冷地）我知道这种手册有很多奇怪的错误。

雅　克　卡迪幽小姐的家庭律师是三位马克比先生。

布克勒夫人　三位马克比先生？他们的事务所倒是律师这一行地位最高的。的确有人告诉我：有一位马克比先生有时还去参加晚宴呢。所以我表示满意，不再有问题了。

雅　克　（非常激动）你多么好啊，布克勒夫人！你知道了也许会高兴。我这里还记录了卡迪幽小姐的生日、受洗日、百日咳、登记表、种痘、出麻疹，德国式和英国式的都有。

布克勒夫人　啊！看得出来，她这一生挤满了大事；

　　　　　虽然对一个年轻姑娘说来，刺激性也许多少太大了一点。我自己并不喜欢早熟的经验。（站起来看看表。）关多能！我们要走的时间快到了，我们再也不能浪费一点时间。作为一个形式上的问题，沃兴先生，我最好能问一声：卡迪幽小姐有没有一点钱财？
雅　克　啊！基金会大约有十三万金镑。就是这些。再见，布克勒夫人。很高兴能见到你。
布克勒夫人　（又坐下来。）等一等，沃兴先生。十三万金镑！而且是在基金会的！卡迪幽小姐在我看来似乎是一位最有吸引力的少女了。今天的少女很少有什么结实的品质，能够维持长久，并且与时俱进的。我们活着，说起来也难为情，在一个重视表面的时代。（对瑟西丽）到这里来，亲爱的。（瑟西丽走过去。）漂亮的孩子，你的衣着可惜太简单了一点，你的头发似乎是自然的原样。不过，我们可以很快就改变这一切。一个彻底有经验的法国女仆的确会在很短的时间内创造奇迹般的结果。我记得介绍过一个女仆给

|兰新小姐，三个月后，连她的丈夫都不认识她了。

雅　克　弄过了六个月就没有人认得她吧。

布克勒夫人　（瞪着眼睛看了雅克一阵，然后弯下腰身，装出微笑来对瑟西丽说。）请你转过身去，可爱的孩子。（瑟西丽完全转了过去。）不对，我只要看你的侧影。（瑟西丽露出侧面。）对了，我就要看这个样子。你的侧面可以使人清楚看到你在社会上的作为。我们这时代的两个弱点就是缺少原则和缺少侧面，下巴抬高一点，亲爱的。风格在很大程度上看你的下巴怎么摆。你抬得太高了，就是现在这样。阿杰隆！

阿杰隆　来了，奥古斯达姨妈！

布克勒夫人　卡迪幽小姐的侧影可以看出不同的社会地位。

阿杰隆　瑟西丽是全世界最甜蜜、最可爱、最漂亮的姑娘。我一点也不在乎她在社会上可能有什么地位。

布克勒夫人　不要不尊重社会，阿杰隆。只有进了社会才可以这样说。(对瑟西丽)孩子，你自然知道阿杰隆只有债务可以依靠。我不赞成为金钱而结婚。我和布克勒勋爵结婚时没有财产，但我一刻也没想到财产会是障碍。所以我同意你们可以结婚。

阿杰隆　谢谢你，奥古斯达姨妈。

布克勒夫人　瑟西丽，你可以吻我了。

瑟西丽　(吻她。)谢谢，布克勒夫人。

布克勒夫人　你也可以叫我奥古斯达姨妈。

瑟西丽　谢谢，奥古斯达姨妈。

布克勒夫人　我看婚礼最好是早点举行。

阿杰隆　谢谢，奥古斯达姨妈。

瑟西丽　谢谢，奥古斯达姨妈。

布克勒夫人　说老实话，我不赞成订婚时间太长。这会使人有机会在婚前就发现彼此的真实性格，而我认为这是不可取的。

雅　克　对不起，我要打断你的话，布克勒夫人，因为这次订婚是没有问题的。我是卡迪幽小姐的保护人，在她成年以前，没有我的允许，她是不能结婚的。我绝对有权不允许她结婚。

布克勒夫人　我是站在什么立场上提出问题来的呢？阿杰隆是一个极端的，我简直可以说是一个徒有其表的、一眼可以看穿的年轻人。他什么也不懂，但是他看起来却什么都知道。你还能够希望从他那里得到什么呢？

雅　克　你的外甥，布克勒夫人，对你说老实话，使我非常痛苦。事实上，我一点也不赞成他的道德品质。我怀疑他不老实。

（阿杰隆和瑟西丽恼火而又惊讶地瞧着他。）

布克勒夫人　不老实？我的外甥阿杰隆？这简直不可能！他是个牛津大学毕业生呀。

雅　克　我怕这是不可能怀疑的事实。今天下午我为了一个非常重要的浪漫问题暂时离开了伦敦，他得到了我暂时的允许，用冒充我兄弟的名义住到我这里来。用了这个冒充的名义，他大吃大喝，我的管家刚告诉我，他喝掉了我整整一瓶89年代的陪你久卧的布鲁特老酒；这种老酒是我特别珍藏起来为我自己喝的。他还在这个下午继续干他的欺骗勾当，骗取了我唯一的保护人的感情。他还继续留下来喝茶，狼吞虎咽地把我的松饼吃得干干净净，一个不剩。还有他做起事来最没有心肝的是：他从一开始就知道得清清楚楚我并没有兄弟，我也不想有个兄弟，而且什么兄弟都不想要。昨天下午我就对他说得清清楚楚的了。

布克勒夫人　哼！沃兴先生，经过仔细考虑之后，我已经决定完全不在乎我外甥对你的所作所为了。

雅　克　你真慷慨，布克勒夫人，不过我自己的决心是不会改变的。我拒绝表示同意。

布克勒夫人　（对瑟西丽）过来，亲爱的孩子。（瑟西丽走过来。）你多大年纪了，亲爱的？

瑟西丽　我只有十八岁，但在晚会上却说是二十。

布克勒夫人　你把年龄稍微说大或者说小一点，完全没有什么不对。事实上，没有哪个女人会永远准确地说出自己的年龄来的。她看起来总在精打细算。（处在仔细思考的状态。）十八岁，但在晚会上却说是二十。那好，过不了

	多久，你就可以成年，并且不再受保护人的限制了。所以我并不认为你保护人的意见到底是不是一个重要的问题。
雅　　克	对不起，布克勒夫人，我又要打断你的话了。不过，我认为不得不告诉你，根据她祖父的遗嘱，卡迪幽小姐要到三十五岁才能算法定的成年人呢。
布克勒夫人	在我看来，这并不是一个严重的反对意见。三十五岁是一个很有吸引力的年龄。伦敦的社会上，有许多出身高贵的仕女都自觉自愿地过上好几个三十五岁。丹波顿夫人就是一个显著的例子。就我所知，自她满了四十岁以后，她还过了好几年三十五岁的生活呢。我看不出你有什么理由说：我们亲爱的瑟西丽到了你所说的年龄不会比现在更引人注目。在这期间她还可以增加很多魅力呢。
瑟西丽	阿杰，你能等我一直等到我三十五岁吗？
阿杰隆	当然可以，瑟西丽。你知道我可以等。
瑟西丽	对，我的本能感觉到你可以等，但是我却不

能等那么久。我连等五分钟都不愿意。那总使我不高兴。我自己不太守时,这我知道。不过,我希望别人守时。希望别人等我结婚,这是没有问题的。

阿杰隆　那怎么办,瑟西丽?

瑟西丽　我也不知道,孟克丽先生。

布克勒夫人　我亲爱的沃兴先生,既然瑟西丽小姐肯定说她不能等到三十五岁——这在我看来不能不是一种着急的本性——那我就要求你重新考虑你的决定了。

雅　克　但是,我亲爱的布克勒夫人,这件事完全掌握在你自己手中。只要你同意我和关多能结婚,我就会非常高兴你的外甥和受我保护的人联姻。

布克勒夫人　(站了起来走上前去。)你一定知道你的建议是完全不可能的。

雅　克　那么我们中任何人都只能过一辈子单身生活了。

布克勒夫人　那可不是我希望关多能未来的命运。阿杰隆当然可以自己选择。(拿出她的表来。)

走吧，亲爱的——（关多能站了起来。）——我们已经误了五六分钟的车了。再耽误就要表示我们不把教堂的讲坛当作一回事了。

（夏旭柏博士上。）

夏旭柏　一切都准备就绪，就等命名礼了。

布克勒夫人　命名礼吗？先生！是不是时机还不到？

夏旭柏　（莫名其妙，指着雅克和阿杰隆。）这两位都要立刻行礼呢。

布克勒夫人　到了他们这一把年纪？这个想法都是可笑的！不合乎教义的！我不许你们受洗。我不要听到这种做得过分的事。布克勒勋爵要是知道了也会非常不高兴的，这就是你们浪费时间和金钱的结果吗？

夏旭柏　这是不是说今天下午不举行受洗礼了？

雅　克　我不同意，事情已经做到现在这一步了，这对我们两个人都是有实际用处的，夏旭柏博士。

夏旭柏　我很难过，听到你刚才表达的感情，沃兴先生。听起来有异教徒再洗礼的意味。我曾经在讲坛上批评过四次，虽然讲演词还没有发表。然而，你目前的情绪似乎是特别世俗的，那我得立刻回教堂去。事实是教堂的看守刚通知我，普丽丝小姐已经在教堂里等了我一个半小时了。

布克勒夫人 （吃了一惊。）普丽丝小姐！我是不是听见你提到普丽丝小姐？

夏旭柏 是的，布克勒夫人，我正要去见她。

布克勒夫人 请容许我耽误你一会儿。这件事也许对布克勒勋爵和我都非常重要。这个普丽丝小姐是不是外表不讨人喜欢，远远没有受过什么教育的？

夏旭柏 （有点狠狠地）她是一位很有教养的女士，简直就是一个值得尊敬的典型。

布克勒夫人 显然就是这一个人。我可不可以问问：她是你们家里什么人？

夏旭柏 我还没有成家呢，夫人。

雅　克 （插话。）布克勒夫人，普丽丝小姐最近三年都是卡迪幽小姐非常尊敬的家庭教师和伴侣。

布克勒夫人 不管人家怎么说，我必须立刻见她。那就请她来吧。

夏旭柏　（往外看。）她快要来了，她就要到了。

（普丽丝小姐匆忙上。）

普丽丝小姐　亲爱的神甫，他们告诉我你在小教堂等我，我在那里等你，已经等了一点零三刻了。（一眼看见布克勒夫人正如石像一般瞧着她，立刻脸色苍白，畏畏缩缩。她焦急地往周围一看，想要离开。）

布克勒夫人　（用严厉的法官判案的声音）普丽丝！（普丽丝小姐低下头来，不好意思。）过来，普丽丝！（普丽丝畏畏缩缩，低着头走了过去。）普丽丝，孩子到哪里去了？（大家都吃了一惊。神甫害怕地向后退。阿杰隆和雅克急着去保护瑟西丽和关多能，不让她们听这个可怕的社会丑闻的细节。）二十八年前，普丽丝，你离开了布克勒勋爵的家，带走了一个男婴孩，就再也没有回来。几个星期之后，通过市警局的仔细调查，发现了你半夜带走的婴儿车停在水边，车上有三卷令人反感的情史。（普丽丝不自觉地反感。）但是男孩不见了。（大家都瞧着普丽丝。）

普丽丝，孩子到哪里去了？（大家都哑口无言。）

普丽丝小姐　布克勒夫人，真对不起，我得承认我不知道。假如我能知道，那就好了。事实就是这样。在你提到的那天早上，那天我永远不会忘记，我像平常一样准备带孩子坐婴儿车出去。我还带了一个很大的旧提包，里面我打算放一些我闲得无聊的时候写的抒发感情的小说手稿。忽然一下心血来潮，我永远也不能原谅自己，不知怎的却把手稿放在一个钢盔里，把孩子放进手提包了。

雅　克　（正在注意听着。）你把手提包放到哪里去了？

普丽丝小姐　不要问我，沃兴先生。

雅　克　普丽丝小姐，这对我是一件非常重要的事情。我一定要知道你把那个装着孩子的手提包放到哪里去了。

普丽丝小姐　我把手提包留在伦敦一个大火车站的衣帽间里了。

雅　克　哪一个火车站？

普丽丝小姐　（几乎垮了。）维多利亚车站。去布莱顿的那条路线。(倒在椅子里。)

雅　克　我不得不回到我房里去一下。关多能,你就在这里等我。

关多能　只要你去的时间不太久,我看可以等你一辈子。

(雅克非常激动地下。)

夏旭柏　你看这是什么意思,布克勒夫人?

布克勒夫人　我甚至不敢猜想,夏旭柏博士。用不着我来告诉你。在上等人的家庭里,是不许发生稀奇古怪的巧合事件的。他们认为那太不合情理了。

(可以听到乱抛东西的响声。大家都抬起头来。)

瑟西丽　雅克叔叔似乎激动得太厉害了。

夏旭柏　你的保护人似乎感情容易冲动。

布克勒夫人　这个声音非常讨厌,听起来好像他在和人争论。我不喜欢任何争论。争论总是太俗气了,而往往是有说服力的。

夏旭柏　(往上看。)声音停了。(声音越发响了。)

布克勒夫人　我希望他能得到结论了。

关多能　响声一停真可怕,我希望它一直响下去。

（雅克手提黑皮包上。）

雅　克　（冲到普丽丝小姐面前。）就是这个手提包吧，普丽丝小姐？请你说话之前仔细看看。不止一个人的生活幸福都要看你的回答了。

普丽丝小姐　（冷静地）这看起来像是我的。对，这里还有一辆街车在欢天喜地的日子里撞伤的痕迹呢。这是啤酒瓶爆裂时染污的袋子内皮，那是在黎明屯偶然发生的事件。在袋子上锁的地方还有我名字的缩写呢。我已经忘记了在怎样兴奋的心情下写出来的。这个包当然是我的，我很高兴它意外地物归原主了。这么多年没有它多么不方便啊。

雅　克　（用动情的声音）普丽丝小姐，手提包里藏的不只是这一些，我就是你放在包里的孩子。

普丽丝小姐　（吃了一惊。）你？

雅　克　（拥抱她。）是的，母亲。

普丽丝小姐　（既惊讶又不高兴地退后一步。）沃兴先生，我还没有结婚呢！

雅　克　没有结婚！我不能否认这是一个严重的打击，但是说到底，哪一个人有权用石头来打

　　　　　一个受苦受难的女人呢？难道忏悔不能挽回一时的糊涂？为什么对男人是一种法律，而对女人却又是另一种？母亲，我原谅你了。（再要拥抱她。）

普丽丝小姐　（显得更厌恶。）沃兴先生，你搞错了。（指着布克勒夫人。）这位夫人可以告诉你：你是什么人的孩子。

雅　　克　（停了一下。）布克勒夫人，我不愿意显得好奇多问。不过，你能不能好心好意地告诉我：我到底是谁的孩子呢？

布克勒夫人　我怕我要告诉你的消息不会使你太高兴。你是我可怜的妹妹孟克丽夫人的儿子，因此，你就是阿杰隆的哥哥了。

雅　　克　阿杰的哥哥！那我到底有一个弟弟了！我总是说我有一个弟弟！瑟西丽——你怎能怀疑我有一个弟弟呢？（抓住阿杰隆。）夏旭柏博士，这是我不幸的弟弟。普丽丝小姐，这是我不幸的弟弟。阿杰，你这个小浑蛋，你将来要更尊重我了。你这一辈子从来没有像弟弟对哥哥一样对待我啊。

阿杰隆　那好，到了今天，老哥，我承认了。不过，我过去还是尽了力的，只是不习惯而已。(和他握手。)

关多能　(对雅克)我的人！那你又是哪个父亲的儿子呢？告诉我你的教名？

雅　克　天呀！……我倒忘记了这一点。你给我起的名字是不能改变的吧？我看是这样的。

关多能　我不会改变，除非是感情变了。

瑟西丽　你的品质多么高尚啊，关多能！

雅　克　那么，这个问题最好立刻解决。奥古斯达姨妈，等一等，普丽丝小姐把我放在手提包里的时候，我是不是已经有了教名呀？

布克勒夫人　只要钱能买到的奢侈品，包括教名在内，热爱你的双亲都是无所不用其极的。

雅　克　那么我就有过教名了，这是一定的。现在，给过我什么教名呢？不管多坏也得让我知道呀。

布克勒夫人　既然你是长子，当然得用你父亲的教名。

雅　克　(烦躁不安)对，我父亲的教名又是什么呢？

布克勒夫人　(思索。)我现在也记不得将军的教名了，但是我不怀疑他有一个教名。他的想法与众不同，这我承认。但那只是晚年，并且只是印度气候造成的恶果，像婚姻、消化不良之类的事情一样。

雅　克　阿杰！你不记得我们父亲的教名是什么吗？

阿杰隆　我亲爱的老哥，我们父子还没有说过话呢。我才一岁他就死了。

雅　克　我看，他的名字在那个时期的军人名册中一定可以找到。奥古斯达姨妈，你看是不是？

布克勒夫人　将军主要是一个热爱和平的人，只有在家庭生活中是例外。不过，我不怀疑：他的名字一定会出现在任何军人名册中。

雅　克　近四十年来的军人名册这里都有。这些快活的记录一直应该是我研究的对象。（赶快到书架上去寻找，抽出几本。）"马"字开头的将军……马兰、马波木、马格来——这么多鬼名字——马克比、米斯白、莫不思、孟克丽！1840年中尉、上尉、中校、上校，1869年将军，教名：尔来使得·约翰。（轻轻地放下手册，十分镇静地说。）我一直告

>   诉你，关多能，我的名字是尔来使得，对不
>   对？现在，到底还是"尔来使得"对了。我
>   的意思是说：自然是"尔来使得"。

布克勒夫人　对，我现在记起来了，将军是叫"尔来
　　　　　使得"。我知道我有特别的理由不喜欢这
　　　　　个名字。

关多能　尔来使得！我亲爱的尔来使得！我从一开始
　　　　就觉得你不可能有别的名字！

雅　克　关多能，一个人忽然发现他一辈子讲的都是
　　　　实话，这真是件可怕的事。你能原谅我吗？

关多能　我能，因为我觉得你肯定会改。

雅　克　我的人儿！

夏旭柏　（对普丽丝小姐）拉体霞！（拥抱她。）

普丽丝小姐　（热情地）费德里克，到底行了！

雅　克　关多能！（拥抱她。）到底行了！

布克勒夫人　我的外甥，你怎么显得这样啰啰唆唆。

雅　克　不对，奥古斯达姨妈，直到现在，我才第一
　　　　次知道最重要的是老老实实。

（闭幕）